Passion!

Erzählungen

von

Sina Graßhof

TWENTYSIX – Der Self-Publishing-Verlag
Eine Kooperation zwischen der Verlagsgruppe
Random House und BoD – Books on Demand

© 2016 Graßhof, Sina

Herstellung und Verlag:
BoD – Books on Demand, Norderstedt.

ISBN: 9783740712136

Verbotene Leidenschaft	S. 5
Spielerei	S. 14
Zu viel Angst	S. 21
Spanische Begierde	S. 29
Und trotzdem	S. 37
Kassensturz	S. 53
Unisex	S. 62
Nur Freunde	S. 65
Der Seitensprung	S. 74
Aufguss	S. 81
Australische Hitze	S. 85
Tango Argentina	S. 94
Die erotischste Stimme New Yorks	S.105
Ich kann nicht	S.113
Dan	S.122
Jedermann	S.140
Chatroom	S.147
Jahre des Wartens	S.163
Sex oder Liebe?	S.175
Real Love	S.183

Verbotene Leidenschaft

Der Tag hatte seinen Höhepunkt längst überschritten. Kühler Wind wehte kraftvoll durch die langsam dunkler werdenden Straßen. Menschen, die unter derartigen Bedingungen das Haus verließen, hatten guten Grund dazu. So auch eine elegant gekleidete Frau, die auf schmalen Absätzen gekonnt die Einkaufspassage entlang lief.

Lara Westphal hatte ihren Tag damit zugebracht, ihrem Apartment und lästigen Gedanken zu entfliehen. Ihre Haare und Nägel wurden in Topform gebracht, sie hatte edel zu Mittag gegessen und ein paar Boutiquen beehrt. Doch jetzt stürmte sie gleichgültig an einladenden Auslagen vorbei. Sie war aufgebracht und es gab nur einen Mann, der sie beruhigen konnte: Polizeiermittler Anton Winder. Die laufenden Ermittlungen gegen ihren Ehemann hatten sie Nerven gekostet, sie hatte das Vertrauen in ihn verloren. Nur Winder schaffte es, ihre Ängste zu lindern, auch wenn es gegen die Regeln verstieß. Er hatte ihr seine Adresse mitgeteilt, entgegen aller Vernuft, und ihr erlaubt zu ihm zu kommen.

"Geht es Ihnen etwas besser?" tragte er, nachdem sie auf dem Sofa Platz genommen hatten. „Seit ich hier bin schon. Es ist beruhigend, einen normalen Mann bei sich zu haben." Sie wurde langsam wieder sie selbst.

Laras Worte durchdrangen Winder mühelos. Er gab sich ungewohnt sanft. "Gibt es denn sonst niemanden, den Sie anrufen können?"

"Sie meinen sicherlich einen Freund? Nein, den gibt es nicht."

"Das kann ich mir nur schwer vorstellen." Winder lächelte. "Was haben Sie denn gestern Abend gegen Ihre Angst unternommen?"

"Whisky." Lara schaute ihn lächelnd an. "Haben Sie welchen?" Er nickte. „Trinken Sie etwas mit mir?"

"Eigentlich sollte ich lieber nicht."

Während er sprach hatte sie sich auf den Weg zur Küche begeben. Natürlich war Anton Winder dem Getränk nicht abgeneigt. Die Versuchung wurde noch unwiderstehlicher, als sie mit zwei vollen Gläsern vor ihm stand. "Kommen Sie, es muss ja niemand erfahren."

Nach einem kurzen inneren Kampf nahm er das Glas dankend entgegen. Wenn er sich einen kleinen Schluck genehmigte, würde das schon in Ordnung sein, dachte er sich.

"Trinken wir darauf, dass der Fall bald gelöst ist. Und auf diesen Abend", fügte Lara hinzu. Ihr durchdringender Blick ließ Winder für keine Sekunde aus den Augen. Sie streichelte mit den Fingerspitzen beiläufig ihren Hals.

Der Ermittler war gut aussehend, groß und schlank. Sein Dreitagebart gab ihm eine Verwegenheit, die ihn sehr interessant machte. Er hatte breite Schultern, kräftiges Haar. Viele Frauen würden ihn als sehr attraktiv bezeichnen. "Diese Gläser sind immer so schnell leer. Möchten Sie noch eins?" Winder kannte die Antwort auf diese Frage. Doch er zögerte, schüttelte den Kopf. Dann machte sein Mund sich selbständig. "Zur Hölle, ja!"

Die Vertrautheit zwischen ihnen war äußerst unprofessionell, das stand außer Frage. Sie schien über seine Anwesenheit jedoch sehr erleichtert zu sein. Er empfing sie, um einer ängstlichen Zeugin Beistand zu leisten, nicht etwa, weil er ihre Gegenwart genoss. So rechtfertigte er die Situation vor sich selbst, einem professionellen Polizeibeamten.

Lara hatte inzwischen die Flasche aus der Küche mitgebracht, um sich die Wege zu ersparen. Winder war von ihrer Trinkfestigkeit beeindruckt. Der Alkohol hatte ihn mittlerweile etwas enthemmt – mit ungewohnt charmantem Lächeln fragte er: "Wo haben Sie so trinken gelernt?" "Ist das eine dienstliche Frage?"

"Nicht ausschließlich." "Ich bin russischer Abstammung, das hier ist nichts gegen unsere Familienfeste."

Winder lachte und nickte verständig. Sie sahen sich an, schwiegen. Lara hatte ihren Kopf sehr nah an seinen heran bewegt. Nur eine Handbreit passte noch zwischen ihre Gesichter. Er konnte sie riechen. Ihr Duft raubte ihm fast den Verstand. Ihr Kopf kam näher…

Der Kuss offenbarte ungeahntes Verlangen. Nach einem kurzen Moment der Irritation lösten sie sich voneinander. Winders Verstand schaltete sich ein. "Das hätte nicht passieren dürfen."
Lara reagierte mit deutlicher Verzögerung. "Sie haben völlig Recht. Verzeihung." "Nein, nein, ich muss mich entschuldigen ... Am besten vergessen wir es einfach." „Ja, richtig, ich sollte gehen."

Als sie ihn mit ihren warmen Augen anblickte wurde seine harte Schale endgültig zerbrochen. Er blieb ihr eine Antwort schuldig.

„Wo ist ihr Badezimmer?" „Den Flur runter links."

Winder verharrte regungslos und in freudiger Erwartung auf seinem Sofa, bis Lara sich wieder zu ihm gesellte.

Sie saßen schweigend nebeneinander und ließen ihren Blick durch die Wohnung schweifen. "Darf ich Sie etwas fragen, Anton? Etwas Persönliches?" "Sie dürfen." "Gut. Ohne Sie beleidigen zu wollen –

wie können Sie sich in so einer trostlosen Wohnung nur wohl fühlen?" Winder lachte. "Ich bin selten hier, das ist vielleicht das Geheimnis." Mit gespielter Entrüstung schüttelte sie den Kopf. "Ist noch eine Frage erlaubt?" "Nur zu."

Sie zögerte. "Waren Sie schon einmal verliebt?"

Winder lachte mit geschlossenem Mund. "Über dieses Thema rede ich nur in Bars."

Er lehnte sich lässig zurück. Sein Blick haftete nun auf ihr. Lara hielt seiner Fixierung stand. „Haben Sie noch mehr Whisky?"

Er unterbrach für den Bruchteil einer Sekunde ihren Augenkontakt, um mit seitlichem Nicken auf die Schrankwand zu deuten. Lara Westphal verlor keine Zeit. Mit katzengleicher Geschmeidigkeit bewegte sie sich vorwärts. Der Anblick versetzte Winders Körper in angespannte Starrheit. Nur seine Augen bewegten sich, folgten ihr, sahen sie die Flasche aus dem Schrank nehmen.

Wenig später saß sie wieder neben ihm auf der Couch. Es schien ihm, als wäre sie näher gerückt. Er konnte ihre Körperwärme spüren, schloss die Augen, überließ seinem Verlangen in Gedanken die Kontrolle.

Schnell spülte er die aufkommenden Fantasien mit zwei hastig herunter gekippten Gläsern hinab. Lara war über sein Trinktempo erfreut und kehrte ohne Umschweife zum Thema zurück. "Bekomme ich jetzt meine Antwort, Anton?"

Ihre Stimme war sanft, liebkoste ihn. Winder zögerte, doch er wollte sich ihr anvertrauen. "Ja, vor sehr langer Zeit. Aber Beziehungen liegen mir nicht."

"Ach, kommen Sie. Das kann ich nicht glauben, bei einem Mann wie Ihnen; Sie sind ein guter Fang." Sie lächelte, er hob die Augenbrauen. Lara hakte nach. "Ein Fang, der nicht ins Netz gehen möchte?"

"So ungefähr."

"Egal, wer dieses Netz auswirft?"

Während sie ihn anlächelte, biss sie sich leicht auf die Unterlippe.

Es fiel ihm schwer, sich zu beherrschen, doch es wäre nicht richtig. Nicht an diesem Tag. Nicht, bevor der Fall abgeschlossen war. Er ignorierte ihre Anspielung, sie schenkte nach. Beide tranken gegen ihr Schweigen an.

Nach zwei weiteren Runden fasste Lara neuen Mut. Sie hatte Winders Blicke bemerkt und verstand diese als Aufforderung. Entschlossen wandte sie sich in seine Richtung. Die Beine hatte sie übereinander geschlagen, ihr linker Fuß berührte leicht seinen

Unterschenkel. Wie ein sanfter Hauch wanderte sie daran auf und ab. Sie schaute ihn einladend an, er blickte starr geradeaus. Um endlich seine Aufmerksamkeit auf sich zu ziehen, begann sie, seinen Oberschenkel zu massieren.

Winder zeigte noch immer keine Reaktion. Da er sie jedoch ebenso wenig unterbrach, knöpfte sie ihm das Hemd auf und entledigte sich ihrer Bluse. Währenddessen küsste sie ihn leidenschaftlich.

Er spürte Fingernägel auf seiner Haut. Ein Schauer der Erregung durchfuhr seinen Körper. Sie löste sich von ihm. Er öffnete die Augen. Ihr nackter Oberkörper überraschte ihn. Blitzschnell schoss ein Warnsignal durch seine Gedanken, doch dieses offenherzige Angebot konnte er unmöglich ausschlagen. Er gab sich der Versuchung hin, tauchte ungestüm in ihre wollüstige Weiblichkeit ein und ließ den Liebeswahnsinn passieren. Zwei heiße Körper pressten sich im gleichen Rhythmus aneinander, bewegten sich auf und ab, umschlungen sich. Zungen bewanderten Täler und Berge, bis ihnen die Puste ausging. Doch davon ließen sie sich nicht stoppen. Erst als sie bebend und laut stöhnend den Höhepunkt erreichten, beendeten sie die Vereinigung.

Das Telefon klingelte beharrlich. Den ersten Versuch hatten sie nicht wahrgenommen, den zweiten ignoriert, doch das pedantische Geräusch verschaffte sich hartnäckig Gehör. Winder machte Anstalten, aufzustehen. Enttäuscht ließ Lara sich rückwärts in die Couch fallen. Er warf einen verstohlenen Blick auf ihren nackten Körper, dann nahm er den Hörer in die Hand.

Winder hatte große Mühe, sich auf die gesprochenen Worte zu konzentrieren. Er hielt den Anruf so kurz wie nötig.

Lara saß lasziv auf der Couchkante, bereit fortzufahren. Anton Winder scheute den Blick in ihre Richtung. Diese Störung hatte die Atmosphäre ruiniert und ihn in Verlegenheit gebracht. Die Realität hatte ihn wieder, der Bann war gebrochen.

Hastig griff er nach seiner Hose. "Es tut mir leid, wir sollten das besser nicht wieder tun." "Ja..." Auch sie griff nach ihrer Bluse.

Zwischen ihnen herrschte unangenehme Stille, die sich wie Nebel im Raum ausbreitete. Keiner der beiden wusste, was in einer derartigen Situation zu sagen war.

"Vielleicht sollte ich gehen." "Ja, das wäre wohl das Beste." Er war erleichtert.

Während Winder ihr in den Mantel half, machte er ein Eingeständnis, das ihm nicht leicht über die Lippen kam: "Unter anderen Umständen hätte ich sehr gerne den weiteren Abend mit Ihnen verbracht."

Lara gab ihm einen flüchtigen Kuss, schob sich elegant durch die halb offene Tür und war verschwunden.

Spielerei

Der Zug fuhr an, von Hamburg nach Frankfurt – eine lange Reise. Er machte es sich auf seinem Platz bequem und sah sich um. Fast alle Plätze waren belegt, es herrschte ein enormer Lärmpegel. Da sah er sie. Sie las in einem Buch, ganz ruhig und konzentriert, beachtete ihn nicht. Vielleicht war es das, was ihn an ihr reizte. Normalerweise konnte er sich vor den Blicken der Frauen kaum retten. Es nervte ihn fast schon ein wenig. Sie schienen etwas auf ihn zu projizieren. Was genau es war konnte ihm niemand erklären. Alle meinten nur, er sähe aus wie ein Filmstar. Vielleicht erwarteten die Frauen einen solchen Status und das dazugehörige Geld, was er nicht besaß. Möglicher-weise ging es gar nicht so weit und sie labten sich einzig und allein an seinem Äußeren. Herausgefunden hatte er dies nie, weil er fremde Frauen normalerweise nicht ansprach. Er mochte es generell, wenn sie die Initiative ergriffen. Bei dieser Frau jedoch konnte er den Spieß einmal umdrehen. Er starrte sie ungeniert und unbemerkt an. Keine sehnsüchtigen, erwartungsvollen Blicke ihrerseits. Er konnte sich dem Moment vollends hingeben, genoss den Anblick ihrer weich aussehenden Haare, vollen Lippen und sportlichen Brüste. Ihre Augen hatte er noch nicht erblickt, doch er war sicher, dass sie weltoffen und sanft waren.

Mit jedem Stopp wuchs die Gefahr sie könnte das Großraumabteil verlassen und seinem Blick entfliehen. Einfach aus seinem Leben treten, auch wenn das lächerlich war. Er kannte sie nicht und wusste nichts über sie. Aber das machte es aufregend. Und er musste sich eingestehen, er war ein wenig vernarrt.

Er hasste Dates, langweilige Gespräche und peinliches Schweigen. Dies hier war Perfektion. Er musste kein Interesse vorgaukeln, im Gegenteil, es wuchs in ihm, stetig und hartnäckig.

Sie erinnerte ihn an eine Lehrerin, in die er als Junge verliebt war. Von Leidenschaft wusste er damals noch nichts. Er stellte sich lediglich vor, dass sie ihn beachten würde, so wie er es sich wünschte. Doch Welten lagen zwischen ihnen, das weiß er heute. Aber heute würde er sich die Chance auf solch eine Frau nicht entgehen lassen. Er wollte sie erobern, Dinge mit ihr anstellen, von denen er bisher nur geträumt hatte. Sich in ihrem Busen vergraben, seine Männlichkeit darin reiben, bis er den Wahnsinn der Begierde nicht mehr aushielt. In ihrem Mund, ihrer Weiblichkeit versinken. Erst langsam, dann schneller, bis sie schrie. Alle Positionen mit ihr durchgehen, bis sie schweißgebadet und befriedigt auf die nächste Runde warteten. Er wollte sie von vorne bis hinten, oben bis unten vernaschen, sie kommen hören. Wollte nichts dringlicher, als den Klang ihres Höhepunktes vernehmen. Wollte sie seinen Namen schreien hören, während sie schwer atmend kam.

In seiner Hose machte sich eine gewaltige Wölbung aus. Er war so erregt, dass er nicht mehr klar denken konnte. Seine Fantasie machte sich selbstständig. Wäre er doch nur mit ihr allein.

Es waren nicht mehr viele Fahrgäste im Abteil, kurz vor Mitternacht. Seine Qualen gingen schon eine ganze Weile, aber seine Fahrt war noch lang. Er hoffte, ihre ebenso. Sein Verlangen machte ihn halb wahnsinnig, dennoch versuchte er, das süße Gefühl zu genießen. Die reine Vorstellung von etwas, das womöglich nie eintreffen würde.

Sie trug einen kurzen Rock, ohne Strumpfhose – das war ihm sofort aufgefallen. Sein Blick wanderte ihre Beine auf und ab, stoppte an ihren Brüsten, ihren Lippen, wanderte wieder hinab. Sie war purer Sex. Er brauchte Abkühlung, so konnte er sich ihr unmöglich vorstellen. Zum Glück hatte niemand etwas bemerkt. Er dachte an die Arbeit, an nicht Erledigtes, an Einkäufe, die er noch tätigen musste. Langsam schwoll sein Glied ab. Erleichtert setzte er sich auf. Nun galt das alte Motto Jetzt oder nie! Er erhob sich und ging auf sie zu. Sein Atem beschleunigte sich, er fühlte sein Herz wie wild pochen. Doch davon bekam sie nichts mit. Sie sah immer noch nicht auf.

Das Risiko war zu groß, sie hatte ihn noch nicht bemerkt, er konnte einfach wieder auf seinen Platz gehen und nichts wäre geschehen. Doch sein Verlangen trieb ihn weiter an. Er musste den Ball flach halten. Jeder Spruch den er jetzt bringen konnte musste in die Hose gehen. Also beließ er es dabei sich neben sie zu setzen. Dabei rempelte er sie versehentlich an.

Sie wandte sich von ihrem Buch ab und blickte ihm feurig in die Augen. Nicht etwa sanft, nein, feurig. Er hatte sich getäuscht, doch es gefiel ihm fast noch mehr. Als ihre Blicke sich lösten schienen Jahre vergangen. Er streifte mit den Augen erneut ihren Wahnsinnskörper und fand sich ein weiteres Mal bei ihren Augen ein; sie hielt seinem Blick stand. Jetzt hatte er sich verraten, doch das war ihm nur recht. Er wollte sie, noch mehr als zuvor, wenn das möglich war.

Was tun?, fragte er sich. Er schloss für einen Moment die Lider, spürte ein Kribbeln in seinem Körper und sie an sich vorbeigehen. Das durfte nicht wahr sein, dieser kurze Augenblick hatte ihm alles kaputt gemacht. Er riss die Augen auf und sah sie gerade noch in einem der Sechser-Abteile verschwinden – sah, wie sie die Tür schloss und die Vorhänge zuzog. Das war es wohl, sicher wollte sie ein wenig schlafen.

Doch er war nicht der Mann der ahnungslos blieb. Er musste herausfinden was dort vor sich ging.

Langsam, aber zielsicher bewegte er sich auf das Abteil zu. Er konnte nicht hineinsehen und hörte keinen Ton. Er klopfte und nach einem Augenblick der Stille öffnete sich wie von Zauberhand die Tür. Sie hatte auf ihn gewartet – so, wie die Natur sie geschaffen hatte.

Der Anblick verschlug ihm die Sprache. Er stammelte unhörbar, doch sie küsste seine Unsicherheit weg und zog ihn zu sich hinein. Er hätte sich nicht schneller seiner Kleidung entledigen können. So standen sie sich gegenüber und genossen gegenseitig ihren Anblick. Dann fielen sie unaufhaltsam übereinander her. Seine Hände wanderten jeden Zentimeter ihrer Haut ab, sein Mund küsste, seine

Körpermitte rieb, seine Zähne bissen verspielt in ihren Nacken. Sie stöhnte in sein Ohr – ein Geräusch, das bei ihm sofort die Fahne hisste. Nun wanderten ihre Fingernägel seinen Oberkörper hinab, bis seine Erektion sie stoppte. Sein Penis verschwand in ihrem Mund und wurde leidenschaftlich liebkost. Unzählbar die Male, die er fast gekommen wäre.

Als sein hartes Glied sich endlich zwischen ihren festen Brüsten auf und ab bewegte, raubte es ihm beinahe den Verstand. Er genoss für eine Weile, dann zog er sie zu sich hoch, hob sie an und drang endlich in sie ein. Er bewegte sich hart und schnell. Sie stöhnte, biss sich auf die Lippen um nicht zu schreien. Sein Saft ergoss sich in ihr, kurz bevor sie den Höhepunkt erreichte. Er konnte sich nicht länger beherrschen. Doch das Liebesspiel war nicht beendet. Mit ihrem linken Bein auf seiner Schulter und einem auffordernden Lächeln auf ihren Lippen zeigte sie auf ihren Lusttempel. Diese Frau wusste was sie wollte. Er zögerte keine Sekunde. Seine Zunge umkreiste ihre Klitoris sanft und hart im Wechsel, spielte mit ihr, neckte sie, bis die Unbekannte ihre Schreie nicht mehr zurückhalten konnte. Ihr Körper bebte vor Erregung, ihre Beine zuckten, während er sich zufrieden zu seinen Fähigkeiten beglückwünschte.

Nachdem das Feuer der Leidenschaft etwas abkühlte kam die Scham ins Spiel. Sie waren Fremde, was hatten sie getan? Und noch dazu in aller Öffentlichkeit. Er war kein Kind von Traurigkeit, aber soetwas waghalsiges hatte er in seinem Leben noch nicht veranstaltet. Was hatte diese Frau mit ihm gemacht? Ok, er war nicht schüchtern, aber mit einer wildfremden in einem Zugabteil? Komm schon. Dass es spannend war konnte er allerdings nicht abstreiten.

Der Zug hielt. Sie verabredeten sich dazu, gemeinsam den Stopp zu nehmen, um sich möglichen Ärger und Peinlichkeiten zu ersparen. Ihre Termine konnten warten, dies war eine einmalige Gelegenheit und ihr Feuer noch immer heiß. Den Rest dieser Nacht würden sie in einem schönen Hotel verbringen und sich bis zur Erschöpfung verwöhnen.

Zu viel Angst

Es war ein schöner Tag im Mai. Die Sonne schien, es war mild, aber im Watt war es matschig. Amelie war mit einer Gruppe Bekannten unterwegs nach Neuwerk, einem Stadtteil Hamburgs mit circa 60 Einwohnern, der zugleich eine Insel in der Nordsee war. Sie hatten dort für ein paar Tage ein Schullandheim gemietet, das leer stand, um dort für ein paar Tage auszuspannen.

Ihre Schuhe waren längst im Matsch stecken geblieben und versunken. Diesen Fehler würden sie bei der Rückkehr nicht machen. Auf Socken gingen sie durch das kalte Watt, was trotz der milden Temperaturen nicht warm wurde. Zu zehnt liefen sie, scherzten, genossen den Ausblick und mussten sich beeilen, denn die Flut stand bevor.

Das Wasser begann langsam zu Steigen, als sie endlich Land betraten. Die Vögel zwitscherten und flogen um sie herum. In der Abgeschiedenheit würden sie ihre Gedanken und Leben neu ordnen können. Hier würde Amelie ihre schreckliche Beziehung vergessen, in der es am Ende immer wieder zu Gewalt gekommen war. Zudem hatte ihr Exfreund sie mehrmals betrogen, was sie kaum verkraften konnte. Es fiel ihr schwer, Vertrauen zu einem Mann aufzubauen – schon immer; der letzte Mann in ihrem Leben hatte ihr dies nur erschwert. Sie war nicht offen für Neues, das merkte man ihr an. Dennoch suchte Alexandros, ein griechischer Bekannter ihrer besten Freundin immer wieder ihre Nähe. Sie seilte sich ab, weil sie es nicht aushielt. War er bei ihr, begann sie zu zittern, innerlich und äußerlich. Sie war nicht sicher, ob er es bemerkte, aber darüber zerbrach sie sich nicht den Kopf. Sie wollte nur weg von ihm, denn er gefiel ihr. Das musste sie sich eingestehen, doch sie konnte nichts damit anfangen.

Nun saß sie für sich auf einem Stein und beobachtete das Meer, den sich verdunkelnden Horizont, die Vögel. Sie atmete tief. Nichts konnte ihr mehr passieren, sie war in Sicherheit. Mike, ihr Exfreund war Kilometer weit entfernt und wusste nicht wo sie war. Sie konnte sich entspannen.

Beim Abendessen langte sie richtig zu. In den letzten Monaten hatte sie viel Gewicht verloren, die Beziehung hatte sie Nerven gekostet und an ihr gezehrt. Sie genoss die Gesellschaft der anderen, sie fühlte sich gut aufgehoben. Nach ein paar Runden Scharade war es Zeit schlafen zu gehen. Alexandros hatte sich das

Etagenbett neben ihr reserviert, sie wusste nicht, ob sie das gut fand.

Sie fand es nicht gut, entschied sie, als sie schlaflos dalag. Die junge Frau auf der anderen Seite seines Bettes hatte ihm schöne Augen gemacht, das wurmte sie. Sie wollte ihn nicht, konnte nicht über ihren Schatten springen, aber sie war eifersüchtig gewesen. Auf deren Flirterei war er eingegangen, hatte dabei aber immer wieder zu ihr herüber geschaut.

Amelie musste sich von den Gedanken an ihn lösen, doch sie beobachtete wie er friedlich schlief, konnte ihre Augen nicht von ihm nehmen. Am nächsten Morgen war sie unausgeschlafen und angeschlagen. Sie hatte sich erkältet, fühlte sich nicht gut. Alexandros machte ihr einen Tee und servierte ihn mit mildem Lächeln. Seine Augen waren unglaublich freundlich, sein Blick liebevoll. Doch sie konnte diesem nicht standhalten. Bedankte sich nüchtern und gab sich Träumereien hin. Wie wäre es wohl? Sie mochte ihn. Aber dieses Zittern bekam sie nicht in den Griff. Und der Gedanke, jemandem körperlich nahe zu kommen, sich verwundbar zu zeigen, machte ihr Angst. Sie ging zurück ins Bett und schlief endlich, während die anderen einen schönen Tag verlebten. Ein wenig ärgerte sie sich schon darüber, dass sie es verpasste, aber Erholung ging vor und die hatte sie bitter nötig.

Am nächsten Tag stand eine Vogelwanderung auf dem Programm. Marie, die Konkurrentin, hing Alexandros am Hacken, während er versuchte, auf Amelies Höhe zu bleiben. Er erzählte ihr von sich, seiner Kindheit in Griechenland, seiner Familie, die er über alles liebte und den Gründen, wegen denen er das Land verließ. Er wollte eine bessere Zukunft als sie ihm dort blühte. Das war verständlich. Amelie hörte aufmerksam und geduldig zu. Das wusste er zu schätzen und bedankte sich mit einer Umarmung, die sicherlich nicht ganz uneigennützig war. Es fühlte sich gut an, soweit sie das beurteilen konnte, denn ihr Kopf ratterte. Sie war froh, als sie sich wieder lösten. Auf dem Weg zurück schwiegen sie. Bis Marie dazukam und ihr Redeschwall auf sie einprasselte. Niemand hörte ihr zu, aber das störte sie wenig. Sie war endlich der Mittelpunkt, das war alles was sie interessierte. Doch sie merkte wenn sie den Anschluss verlor. Egal wie schnell oder langsam die beiden anderen gingen, sie passte sich an. Sie war zu hartnäckig um sich abschütteln zu lassen.

Beim gemeinsamen Essen setzte sie sich neben ihn, für Amelie war nur noch am anderen Ende des Tisches Platz. Marie hatte sich geschminkt und schick angezogen – völlig klar, welches Ziel sie verfolgte. Alexandros war zu höflich um nicht mit ihr zu reden, das wurmte Amelie. Doch sein fester Blick direkt in ihre Augen verriet ihr, dass er an sie dachte. Sie bekam kaum einen Bissen herunter und konnte seinem Blick nicht standhalten. Zu unsicher hatte ihr letzter Mann sie zurück gelassen. Ihr Selbstwert war am Boden. Sollte diese Marie ihn doch haben. Ich will ihn nicht, dachte sie bei sich. Zu viel Gefahr. Amelie erklärte sich bereit abzuwaschen, dabei wollte sie alleine sein und ein wenig meditieren. Sie fand, dass das bei dieser Tätigkeit wunderbar funktionierte. Doch sie blieb nicht lange allein. Alexandros hatte sich hinter sie gestellt, ganz nah an ihren Körper und flüsterte in ihr Ohr: „Hast du Angst?" Sie trat reflexartig einen Schritt zur Seite und antwortete wahrheitsgemäß: „Furchtbare." Das schien ihn abzuschrecken, er zog sich zurück und ward den ganzen Abend nicht mehr gesehen. Im Bett beobachtete sie ihn diesmal nicht, aber dennoch tat sie kein Auge zu. Er war in ihrem Kopf. Sie brauchte ihn nicht ansehen. Seine strahlend blauen Augen, sein vollkommenes griechisches Gesicht hatten sich in ihr geistiges Auge gebrannt. Sie wusste weder, woran sie nun war, noch traute sie sich, sich ihm zu nähern. Die Qual war mächtiger als jede Erinnerung an ihre früheren Freunde, die sie ausgenutzt und dann weggeworfen hatten, wie einen alten Lappen, und dabei noch Wunden auf ihrer Seele hinterließen. In den frühen Morgenstunden schlief sie endlich ein. Doch Erleichterung verspürte sie nach dem Aufwachen nicht. Der letzte Tag war angebrochen. Heute würden sie nach Hause zurückkehren und sie beide würden sich möglicherweise nie wieder sehen. Dieser Gedanke erschien ihr unerträglicher als die Angst vor Nähe. Aber sie befürchtete, dass der Zug nun endgültig abgefahren war. Sie war ihm zu kompliziert und die Sache es nicht wert, da war sie sicher. Sie stahl sich aus dem Bett, während alle noch schliefen und ging unter die Dusche. Sie wollte die lästigen Gedanken und Gefühle einfach wegspülen.

Sie hörte nicht, wie die Tür zum Bad sich öffnete. Auf leisen Sohlen schlich sich der Gast an. Als er die Dusche betrat, sagte er „Hi". Sie erkannte seine Stimme sofort. Sie war fertig geduscht und könnte gehen, doch etwas hielt sie auf. Wenn sie jetzt nicht einen Schritt auf ihn zu machte, hatte sie für immer verloren. Sie zog ihren Duschvorhang auf und zögerte für einen Moment. Wollte er das, wollte er sie? War das Absicht oder Zufall? War er ihretwegen hier?

Amelie hatte keine Lust mehr auf derartige Überlegungen und wagte, was sie sich nie zu träumen gedacht hätte. Sie öffnete seinen Vorhang ein Stück weit und schaute ihm in die Augen. „Hi" brachte sie hervor. Er lächelte sie an, er hatte auf sie gewartet. „Komm rein" lud er sie ein. Sein Blick wurde ernster. Er wusste, dass sie einen großen Schritt gegangen war. Er wollte nichts falsch machen, sie nicht wieder verschrecken. Alexandros küsste sie liebevoll, behutsam, aber kein wenig zögerlich.

Ihre Welt drehte sich, aber sie genoss es – fühlte sich geborgen und federleicht. Das Kribbeln, das sich ihren Rücken herauf stahl umkreiste sie und lief auf der Vorderseite herunter. Sie zog ihn an sich, zu allem bereit. In einer unendlich scheinenden Umarmung verschmolzen ihre Körper zu einem.

Sie liebten sich sanft, vorsichtig, dann stürmischer, aber zärtlich. Sie tauchten ineinander ein, in völligem Liebesrausch. Erst das langsam kälter werdende Wasser der Dusche ließ sie ein vorläufiges Ende finden. Er kam, sie nicht. Dafür war sie noch nicht entspannt genug. Doch sie genoss das Gefühl und die Geräusche seiner Lust. Seinen Atem auf ihrer Haut, seine Geborgenheit. Der Bann war gebrochen. Sie hatte sich getraut und gewonnen.

Am Frühstückstisch konnten sie nicht aufhören sich anzugrinsen. Keiner wusste von ihrem Erlebnis, es war ihr süßes Geheimnis. Und diesem würden noch viele weitere folgen.

Spanische Begierde

Der Alltag wog schwer auf ihren Schultern, die Kälte des Winters ließ sie frösteln. Sie wünschte sich weg von hier. Nach einer harten Arbeitswoche packte Franka John also ihren Koffer, für eine Reise mit unbekanntem Ziel. Frei zu bekommen war leicht gewesen. Der letzte lag zwei Jahre zurück, ihr stand Erholung zu sowie noch etliche Urlaubstage. Sie war vogelfrei. Alles was sie zurückließ war eine leere Wohnung. Trotz ihrer 34 Jahre hatte sie weder einen Mann, noch Kinder zu versorgen. Dafür blieb ihr neben dem Beruf auch keine Zeit, ihr anspruchsvoller Job als Assistentin der Geschäfts-führung hielt sie Tag und so manche Nacht auf Trab. Doch diese Woche würden ihr Chef und die Kollegen alles alleine im Griff haben müssen.

Am Last-Minute-Schalter des Flughafens Hannover sprang ihr ein Angebot ins Auge: fünf Tage Teneriffa, all inclusive, für nur 350 Euro. Ein absolutes Schnäppchen! Die Entscheidung war gefallen, sie würde zugreifen.

Vier Stunden später saß sie im Flieger und spürte eine schwere Last von sich abfallen. Sie war mehr als urlaubsreif – das hatte sie sich verdient. Sie war dem Hamsterrad entkommen und schwor sich, die nächsten Tage keinen Gedanken daran zu verlieren. Mit Musik auf den Ohren, den Wolken im Blick ließ sie sich treiben und immer näher an ihr Ziel bringen. Meer, Strand, Sonne – das war alles was sie jetzt brauchte. Und vielleicht ein kleines Abenteuer…

Das erste erlebte sie auf der Busfahrt zum Hotel. Während die wundervolle palmenbesäumte Wüstenlandschaft an ihr vorbei zog und sie wechselnd mit offenen und geschlossen Augen träumte, bemerkte sie Benzingeruch. Zuerst dachte sie sich nicht viel dabei, bis ein Kind von den hinteren Sitzen „Feuer!" rief. Der Motorraum stand in Flammen, Rauch breitete sich im Bus aus, Panik kam auf. Alle versuchten nach draußen zu gelangen. Es dauerte, bis sie endlich an frischer Luft waren. Glücklicherweise gelang dies allen unversehrt. Der Fahrer machte sich mit einem Feuerlöscher ans Werk. Alle befürchteten, der Bus würde explodieren, wie man es aus Filmen kannte, und liefen so weit sie konnten davon. Der hintere Teil des Busses brannte nun lichterloh. Der Fahrer hatte mit seinem kleinen Löschgerät keine Chance. Doch schon bald war die Feuerwehr angerückt, die Lage war unter Kontrolle. Dennoch sah Franka ihren Urlaub dahinschwinden. All ihre Sachen, bis auf die Flasche Wasser die sie in der Hand hielt, waren im Bus und möglicherweise verbrannt. Die anderen Urlauber malten sich dahingehend Horrorszenarien aus und sie ließ sich anstecken. Was würde sie tun? Sie konnte sich nicht ausweisen, hatte nichts anzuziehen. Und wie sollte sie ohne Geld auskommen?

Sie sah Probleme am Horizont, das wühlte sie auf. Doch äußerlich blieb sie die Ruhe selbst. Sie schaute in die Landschaft, nicht auf den halb verkohlten Bus, um sich auch innerlich zu beruhigen. Es gelang ihr für einen kurzen Moment. Als ein Feuerwehrmann mit ihrem nassen, aber unversehrten Koffer auf sie zu kam brach sie in Tränen der Erleichterung aus. Aber sie beruhigte sich schnell und war einfach nur froh.

Im Hotel angekommen genehmigte sie sich zu aller erst einen Cocktail, um das Erlebte sacken zu lassen. Sie erzählte dem Barkeeper ihre Geschichte und er gab ihr einen weiteren Drink aus. Sicherlich waren die TÜV-Bedingungen nicht so streng wie in Deutschland, aber von so etwas hatte er noch nicht gehört. Franka hatte wirkliches Pech gehabt.

Dies würde hoffentlich das einzige Schreckenserlebnis dieses Urlaubs sein. Zumindest das Hotel hielt was es versprach, es würde von hieran sicherlich bergauf gehen. Mehr noch, es würde großartig werden, das versprach sie sich.

Langsam neigte sich der Tag dem Ende zu. Sie fiel erschöpft ins

Bett und träumte von der Liebe.

Der nächste Morgen führte sie direkt an den schwarzen Sandstrand. Die Brandung war stark, deshalb war es nur den Surfern erlaubt ins Wasser zu gehen. So setzte sie sich auf einen der Steine und ließ sich die Sonne auf die nackte Haut scheinen. Dabei beobachtete sie die Künste der attraktiven Wassersportler. Ihre langen feuchten Haare klebten an ihren sonnengebräunten Gesichtern. Ihre Körper im Einklang mit den Wellen. Diese absolute Körperbeherrschung ließ ihre Fantasie wild werden. Sie malte sich aus wie es wohl wäre, einen von ihnen hier an Ort und Stelle zu verführen.

Ihr letztes sexuelles Erlebnis war schon Monate her. Sie war ausgehungert. Und der schiere Anblick dieser Männer reichte aus, um ihr Höschen feucht werden zu lassen. Vielleicht würde einer von ihnen sie bemerken. Doch wenn sie weiterhin in einiger Entfernung auf den Steinen saß würde das nichts. Sie musste sich besser platzieren. Kurzentschlossen zog sie in die Einlaufschneise der sexy Surfer um. So saß sie direkt in ihrem Blickfeld wenn sie das Wasser verließen.

Die Wellen rauschten an Land und spülten einen der Surfer mit sich. Er im besonderen war Franka aufgefallen, denn er nahm selbst die größten Wellen mit Leichtigkeit und fiel fast nie vom Brett. Er war ein Talent. Das beeindruckte sie. Nun kam er aus dem Wasser, ganz cool und nonchalant, sein Brett unter den muskulösen Arm geklemmt, und lief geradewegs an ihr vorbei, ohne sie merklich zu beachten. Franka fühlte ihre Chancen dahinschwinden, als sich jemand, wie aus dem Nichts, neben sie in den Sand legte. Sein *Hola* erwiderte sie, wie das Lächeln das er ihr zuwarf. Das Eis war gebrochen, es verwandelte sich schlagartig in heißes Feuer. Auch aus der Nähe betrachtet war er sehr attraktiv. Die Funken flogen, dass es beiden in Mark und Bein überging. Ein Kribbeln durchzog den ganzen Körper. Solche Anziehung hatte Franka noch nie erlebt.

Er sprach nur Spanisch, sie leider nicht, doch das störte kaum. Die Leidenschaft hat ihre ganz eigene Sprache. Sie blickten sich tief in die Augen und die Sache war geklärt – sie wollten es beide. Schon bald würden sie sich ihrer Leidenschaft hingeben. Doch zuerst würden sie ein wenig Zeit miteinander verbringen. So aßen sie Paela, gingen entlang der Palmenallee spazieren, legten sich wieder in den warmen Sand. All das ohne zu reden, aber unter dem Austausch vielsagender Blicke. Gegen Abend, bevor es dunkel wurde, zeigte Francisco ihr noch einmal seine Surfkünste. Mehr Vorspiel brauchte Franka kaum. Sie erwartete sehnsüchtig seine

Rückkehr. Doch er hielt sie hin, nahm eine Welle nach der anderen, dehnte seine Sporteinheit unendlich aus. Sie wünschte sich seinen Körper neben sich, auf ihr, in ihr, doch er ließ sie zappeln.

Dieses Spiel können Zwei spielen, dachte sie sich, und stolzierte mit wackelnden Hüften und ausgestreckter Brust am Strand auf und ab. Dies entging ihm nicht. Er verlor die Konzentration, fiel wieder und wieder vom Brett, bis er endlich aufgab. Sie hatte das Spielchen gewonnen; sie konnte nicht aufhören zu grinsen. Ihm erging es ebenso. Er strahlte sie an während er langsam aus dem Wasser watete. Als er auf ihrer Höhe angelangt war, warf er sein Brett in den Sand, zog sie an sich und küsste sie voller Leidenschaft. Der Kuss war stürmisch, fordernd. Seine Hände wanderten ihren Körper auf und ab, er hatte sie fest im Griff. Als er begann an ihrer Unterlippe zu saugen spürte sie das Kribbeln nicht mehr nur im Bauch – es zog ihr beinahe das Bikinihöschen aus. Das würde er bald übernehmen, dachte sie, und die Vorfreude ließ sie feucht werden. Seine Lippen wanderten ihren Hals hinab. Dann hielt er inne. Die Sonne versank gerade im Meer. Er war romantisch veranlagt, denn er setzte sich in den Sand, um dem Naturschauspiel zuzusehen. Sie tat es ihm gleich.

Der Strand leerte sich, als sie ihn gemeinsam aus dem Neoprenanzug pellten. Sie spürte seine harten Muskeln. Sie erinnerte sich, wie der Anblick bei Lichte besehen aussah. Auch anfühlen tat er sich himmlisch. Nun wanderte sie seinen Körper hinab – mit den Händen, mit den Lippen. Sie spürte sein steifes Glied und freute sich darauf es zu liebkosen. Doch er zog sie wieder zu sich hoch um sie erneut zu küssen. Seine Arme umschlangen sie fest. Ihre Körper pressten sich aneinander. Sie spürte seine erregte Körpermitte an ihrer, sie bebte vor Elektrizität. Es gab kein Halten mehr. Er riss ihr den Bikinitop vom Leib, liebkoste ihre Brüste, zärtlich, dann härter. Wanderte südlich, umkreiste ihre Scham, bis sie es kaum mehr aushielt. Er legte sie sanft in den warmen Sand, dann tauchte er endlich voll Wollust in sie ein. Das Meer rauschte, die Wellen umspülten sie, doch das nahmen sie nicht wahr. Er bewegte sich sanft, dann erhöhte er das Tempo, bis sich alles zu drehen begann. Ihre Körper, vor Lust zitternd, gaben sich dem Rausch hin bis sie gemeinsam den Höhepunkt erreichten.

So lagen sie eine Weile, Arm in Arm, Haut an Haut – dann liebten sie sich erneut. Er trug sie zum Wasser, sie tauchten in die Wellen ein, sein Gemächt in sie, während ihre Arme und Beine ihn umschlangen. Sie küssten sich voller Hingabe und kamen erneut gemeinsam.

Später trockneten sie ihre bebenden Körper, legten sich nieder, blickten befriedigt zum wolkenfreien Sternenhimmel empor. Sie träumten, küssten sich, streichelten sich und ließen die Zeit dahin rinnen. Der Abschied würde ihnen schwer fallen, denn sie wussten, dass sie sich nie wieder sehen würden. Doch dieses leidenschaftliche Abenteuer würde sie für immer verbinden. Sie beide würden es, wie einen kostbaren Schatz, in Erinnerung behalten.

Und trotzdem

Er erwachte. Die Sonne schien ihm ins Gesicht. Es war warm, dabei hatte gerade erst der Frühling begonnen. Er streckte sich, öffnete die Augen, blickte direkt ins Licht. Reflexartig kniff er sie wieder zu und drehte sich um. Als er wenig später einen erneuten Blick wagte und an sich herunter-blickte, bemerkte er, er war vollständig bekleidet – schwarzes Hemd, Jeans, schwarze Lederjacke. Verwundert wanderten seine Augen durch das kleine Zimmer. Hier war er noch nie zuvor gewesen. Und er hatte keine Ahnung, wie er hier her kam.

Sein erster Gedanke war, aufzustehen um draußen herauszubekommen wo er war. Doch möglicherweise sollte er im Zimmer bleiben, vielleicht war er nicht alleine hier. Die unbenutzte Betthälfte neben ihm ließ jedoch auf etwas anderes schließen. Er war allein. Jetzt ganz ruhig bleiben und nachdenken, sagte er sich. Was war letzte Nacht? Es viel ihm nichts dazu ein. Seine Blase meldete sich, doch er schenkte ihr keine Beachtung. Er beschloss, aufzustehen und sich umzusehen. Dabei fiel ein Bündel Geldscheine aus seiner Tasche auf den Boden. Verwundert blickte er darauf hinab. Seine Gedanken begannen zu rasen. Er war immer chronisch pleite. Woher kam das Geld? Er starrte den Haufen misstrauisch an.

Gehörte der möglicherweise gar nicht ihm? Aber warum war er in seinem Besitz? Spielte jemand ein seltsames Spiel mit ihm? Zögerlich hob er das Geld auf und zählte nach. 12.500 Euro glatt. Er war baff. Schaute sich erneut um, aber nichts. Keine Erinnerung ließ sich auftreiben. Sind hier Kameras, werde ich beobachtet, ist das hier ein Experiment? fragte er sich. Doch niemand konnte ihm seine Fragen beantworten. Er prüfte die Scheine auf Echtheit. Soviel er etwas davon verstand handelte es sich hier nicht um Falschgeld. Schnell verstaute er es in seiner Brusttasche. Seine Blase meldete sich erneut. Er erhob sich und durchsuchte das Zimmer nach einer Toilette, doch es ließ sich keine finden. Also muss ich hier raus, war sein Gedanke. Ihm war ein wenig mulmig. Was würde da draußen auf ihn warten? Und wo zur Hölle war er?

Vorsichtig öffnete er die Tür und sah sich um. Es war niemand zu sehen. Am Zustand des Gebäudes konnte er erkennen, dass er in keinem Hotel war, es musste eine Jugendherberge sein. In seinen 10 Jahren als Erwachsener hatte er einige besucht. Das Gemeinschafts-WC befand sich im Flur. Er erleichterte sich und atmete durch. Wo zur Hölle war er? Und wie konnte er es herausfinden, ohne sich zu blamieren? Und was viel wichtiger war, war er in Sicherheit? Gedankenspiralen wanden sich in seinem Kopf und trotzdem versuchte er, klar zu denken. Er wagte den Schritt nach draußen. Das herrliche Wetter nahm er nicht wahr. Er trat auf den Gehweg, dann auf die Straße und sah sich das Gebäude von außen an. Keine Erinnerung. Doch er las: Olè Barcelona. Er war in Spanien! Wie in Gottes Namen war er von Köln hierher gelangt? Erst gestern Vormittag hatte er dort seine Freundin geliebt, kurz bevor sie mit ihm Schluss gemacht hatte. Die Erinnerung brannte sich in sein Gehirn. Er wollte fliehen, nichts wie weg. Der gemeinsamen Wohnung entkommen. Sich so weit von Sarah entfernen wie nur möglich. Doch musste es gleich Barcelona sein? Und woher zur Hölle kam das ganze Geld?

Im Zweifel erst einmal etwas essen, hatte seine Oma immer gesagt. Vielleicht würde die neu gewonnene Energie ihm auf die Sprünge helfen. Also machte er sich auf die Suche nach einem Cafè.

Auch beim Essen gelang es ihm nicht, sich wirklich zu entspannen. Doch die Nahrungsaufnahme tat ihm gut, er war am verhungern. Zumindest war ihm eine Idee gekommen. Er würde am Empfang fragen, wann er hier angekommen ist. Und ob er allein war oder in Begleitung. Sein Frühstück zahlte er mit einem 500er und wurde dafür schräg angeguckt. Das war ihm allerdings egal. Er hatte wichtigere Gedanken im Kopf.

„Entschuldigung, sprechen Sie Deutsch?" Der Student hinterm Tresen sah aufgeweckt aus. „Ja." „Ich muss gestern hier eingecheckt haben. Können Sie mir sagen, wann das war? Und ob ich allein war?" „Filmriss?" fragte der junge Mann. Möglicherweise, dachte der andere. Er wusste es nicht. Aber einen Kater hatte er nicht, was bei ihm jedoch generell recht selten vorkam. „Ich bin die Frühschicht und seit 6 Uhr hier, bei mir hast du nicht eingecheckt. Aber ich kann nachsehen, wann du kamst." Er blätterte in einem Büchlein und fand die Eintragung. „Um 23:49 Uhr, gerade noch rechtzeitig vor unserer Schließung", gab er preis. „Ok, danke." „Komm um 3, dann ist mein Kollege von letzter Nacht wieder da", sagte er ermutigend. „Prima, das mache ich!"

Nichts war prima. Er war offenbar seinem in Scherben liegenden leben feige entflohen und hatte möglicherweise ein Verbrechen begangen. Das wäre eine Prämiere, er hatte sich noch nie etwas ernsthaft zu Schulden kommen lassen. Aber wie sagt man so schön: Für alles gibt es ein erstes Mal. Hatte die Trennung ihn so dermaßen aus der Spur geworfen? Er überlegte, trotz allem, Sarah anzurufen, um sich zu erkundigen ob sie etwas wusste. Doch er konnte sein Handy nicht finden. Entweder hatte er es verloren, oder im Aufbruchsstress zu Hause vergessen. Der Mitarbeiter der Jugendherberge fragte: „Kann ich dir sonst irgendwie weiterhelfen?" Er hatte die ganze Zeit mit fragendem Gesicht herumgestanden. „Nein, danke. Ich komme nachher wieder", sagte er und schlich davon. Was nun?, dachte er angestrengt. Sein Kopf begann zu schmerzen. Er blickte auf seine Uhr, es war kurz nach 12. Wie sollte er drei ungewisse Stunden aushalten? Wie sollte er sie verbringen? Er war in einer der tollsten Städte der Welt und wusste nichts mit sich anzufangen. Weder mit sich noch mit seiner Situation. Jetzt nicht ausflippen, dachte er. Besser ausruhen. Vielleicht kommt die Erinnerung von ganz allein zurück. Also begab er sich wieder in sein Zimmer und legte sich aufs Bett. Er dachte an Sarah, die Frau, an die er keinen Gedanken mehr verschwenden wollte. Sie hatte ihm kaum plausible Gründe für die Trennung genannt. Nur etwas von „auseinandergelebt", „zu verschieden" und „immer Geldprobleme" gefaselt. War es das? Hatte er das Geld für sie beschafft? Etwa, um sie zurückzugewinnen? Das kam ihm doch ein wenig weit hergeholt vor. Mit Geld konnte man keine Liebe gewinnen, zumindest keine, wie er sie sich vorstellte. Das wusste jedes Kind.

In seinem Zimmer hielt er es nicht mehr aus. Er musste hier raus. Die Wände schienen sich auf ihn zuzubewegen, mit jeder weiteren Minute mehr. Warum hatte er sich mit so viel Geld nicht ein Hotelzimmer genommen?, fragte er sich. Aber gut. Das alles war verlorene Liebesmüh. Er beschloss, Sarah aus dem Kopf zu bekommen und sich ein Bier zu genehmigen. Hatte er das gestern auch getan? Und war dabei ausgeufert? Wahrscheinlich. Vielleicht hatte er sich das Geld geliehen, um einen Neustart zu finanzieren. Bei seinen Eltern womöglich? Die hatten ein gutes Polster, das wusste er. Aber würden sie ihm so bereitwillig 12.500 Euro überreichen? Er bezweifelte es.

Diese Gedanken führten nirgendwo hin. Er war fix und alle. Also lehnte er sich zurück, genoss sein Bier so gut er konnte und ließ sich von der Sonne bescheinen. Als er das nächste mal auf die Uhr sah war es 16:10. Er hatte sich tatsächlich ein wenig entspannt. Doch nun brach Eile aus, so schnell es seine Beine erlaubten lief er zurück zum Hostel. Der Empfangs-kollege vom Vorabend war ein Fremder, von dem er jedoch aufs herzlichste begrüßt wurde. „Hallo mein lieber Freund, wie geht es dir heute?" Verwunderte Blicke sprangen über den Tresen. „Etwas konfus", gab er zur Antwort. „Ahh, zu viel Alkohol!" entgegnete der Mann. Offenheit war hier wohl das beste

Rezept. „Ich bin gestern Nacht hier eingecheckt, aber ich weiß nichts mehr. Können Sie mir weiterhelfen?" „Ach, das wundert mich nicht. Du warst sturzbetrunken! Du kamst gerade aus einem Striplokal hier nebenan und warst bester Laune. Hast gesungen und getanzt. Etwas schlecht, aber egal. Und du hast dein Zimmer sofort in Bar gezahlt, mit einem 500 Euro-Schein. Den Rest durfte ich behalten." Er grinste breit. „Oder möchtest du das Geld jetzt doch zurück?" „Nein nein." Während der Mann erzählte kamen Erinnerungsbrocken in sein Gedächtnis. Er konnte sich wage an das Lokal erinnern. Dort hatte er eine Frau tanzen sehen, die es ihm sehr angetan hatte. Mehr war nicht zu holen. Seine Erinnerung versagte noch immer. „Bleibst du länger?" wollte der Mann wissen. „Möglicherweise", gab er zurück. Warum nicht, dachte er. Er hatte keinen Job, keine Familie, keine Sarah. Was sollte er in Köln? Jetzt war er einmal hier und hatte, woher auch immer, Geld in der Tasche. Er würde zumindest solang bleiben, bis er sich erinnerte. „Wie heißt das Striplokal?" wollte er noch wissen. „Besitos", antwortete der Mann. Er zahlte das Zimmer für eine weitere Nacht und verabschiedete sich vorerst. Diesmal hinterließ er kein üppiges Trinkgeld. Er würde es noch brauchen.

Ohne Zweifel plante er, am Abend in das Lokal zu gehen. Möglicherweise war er dort an das Geld gelangt. Würde es gefährlich sein? Er hatte die Befürchtung. Doch bis dahin war noch etwas Zeit. Er fühlte sich den Umständen entsprechend gut und beschloss, das Geld ein wenig zu genießen, solange er es noch hatte. In einem Taxi ging es Richtung Hafen, wo er sich in einem Fischrestaurant eine riesige Paella und ein Bier gönnte. Der Ausblick war herrlich, das Essen grandios. So ließ es sich leben. Wer brauchte schon Sarah, wenn es hier so viel zu genießen gab? Er band sich die Haare zu einem manbun und zündete sich eine Zigarette an. Das tat gut. Er atmete die rauchige Luft ein und wünschte sich nichts. Er hatte alles was er brauchte: Freiheit. Und trotzdem kehrten die ungeklärten Fragen bald zurück. Er musste die Sache aufklären und endlich gedanklich zur Ruhe kommen. Also fuhr er zurück, um sich in das Striplokal zu begeben.

Die Musik dröhnte laut, aber samtweich und stimmungshaft aus den Boxen. Alles war in Weinrot gehalten – die Wände, das Mobiliar und die Outfits der Frauen. Wenn man sie als Outfits bezeichnen konnte. Sie schlangen ihre durchtrainierten Körper um Stangen, tanzten in Nischen und auf einer kleinen Bühne. Er konnte seine Erregung nicht aufhalten. Sie erfüllte seinen Körper, zusätzlich zu der Anspannung die er verspürte. Er erinnerte sich nicht wirklich an den Laden. Aber an eine Frau. Doch wie sah sie aus? War sie nur ein Gespinst seiner Fantasie oder gab es sie wirklich? Ahnungslos ging er zur Bar und bestellte sich einen Drink. An diesem hielt er sich fest während er sich weiter umsah. Keine der Damen kam ihm bekannt vor. Vielleicht war es ein Fehler gewesen, herzukommen. Die Erotik konnte er nicht wirklich genießen, dafür ratterte sein Kopf zu sehr.

Er kippte den Rest seines Martinis herunter und beschloss zu gehen. Auf dem Weg zum Ausgang stellte sich eine der Frauen in seinen Weg. „Du willst schon gehen, so ganz ohne Hallo zu sagen?" warf sie ihm vor. „Ähm, nein, natürlich nicht. Hallo" sagte er mit einem Lächeln. War sie die Frau? Er wusste es nicht. „Hallo" hauchte sie. Ihr Lächeln war sehr sympathisch. Sie sah süß aus. Völlig natürlich, kaum Makeup, sonnengebräunt, mit Sommersprossen auf den Wangen. Was hatte so ein Mädchen hier verloren? „Möchtest du nicht wieder einen Lapdance?" Sie sah ihn erwartungsvoll an. Sie musste es sein! Er war nicht wirklich in der Stimmung, er wollte mit ihr reden. „Können wir uns auch nur unterhalten?" Sie lachte, was weniger nach Spott als nach Sympathie klang. „Nein, leider nicht. Wenn mein Chef das sieht fliege ich raus. Ich bin hier zu anderer Unterhaltung." Er wollte nicht, und trotzdem ließ er sich auf den Deal ein. Ein Lapdance also und dabei reden. Er gab ihr einen 500er, sie begann. Ihr Körper schmiegte sich aufreizend an seinen, im Rhythmus der Musik. Kein langes Vorgeplänkel also, dachte er. Ok. Sie waren sich nahe. Er konnte ihr Parfum riechen, ihre Haut, ihre Haare. Sie betörte ihn, doch er musste einen klaren Kopf behalten. Auch war er normalerweise nicht der Typ der sofort auf Tuchfühlung ging. Nicht mit ihr, dafür war sie zu süß. „Gestern Abend"; begann er, „haben wir uns da unterhalten?" Sie schaute ihn skeptisch an. „Ein wenig, ja." „Tut mir leid, aber ich erinnere mich nicht mehr an alles. Worüber haben wir gesprochen?" „Naja, der Einstieg war deine großzügige Bezahlung. 1000 Euro für einen Lapdance, der normalerweise 200 kostet." „Oh." Sie saß nun halb auf seinem Schoß und bewegte sich rhythmisch. Ihre Pobacken an seinem Glied. „Ich, ähm", er räusperte sich. „Habe ich dir etwas erzählt?" „Nicht viel." Sie stand vor ihm und berührte sich selbst, dann beugte sie sich vor. „Du meintest, du wärst am Flughafen in Köln an Geld gekommen." Sie war seinem Gesicht ganz nahe, als sie diese Worte aussprach, beinahe flüsterte.

Plötzlich löste sich der Knoten. Die Ereignisse des vergangenen Tages prasselten wie ein Wolkenbruch auf ihn herein. Nachdem

Sarah ihn im wahrsten Sinne des Wortes abgeschossen hatte fühlte er sich wie tot. Er wollte weg, weit weg. Doch wie, ohne Geld? Und trotzdem fuhr er zum Flughafen, um abzuschalten, den startenden Maschinen zuzuschauen und sich vorzustellen er wäre Passagier. Wie lange er dort saß wusste er nicht. Es musste eine kleine Ewigkeit gewesen sein. Dabei war er jemandem aufgefallen. Ein Mann näherte sich ihm und fragte, wohin er wolle. *Nirgendwo hin*, hatte er geantwortet, *keine Kohle. Ah*, hatte der Mann gesagt, *das trifft sich doch. Interessiert an einem kleinen Geschäft?* Hm, dachte er und sagte: *Welcher Art? Nur ein kleiner Botenjob*, meinte der Mann. *Wohin? Barcelona. Was muss ich denn überbringen? Das bleibt mein kleines Geheimnis*, gab er sich rätselhaft. *Ich habe hier einen Koffer, den müsstest du als Handgepäck mitnehmen. Wenn wir das Land betreten haben gibst du ihn mir zurück.* Krumme Geschäfte, dachte er, davon sollte ich besser die Finger lassen. Und trotzdem fragte er: *Was ist für mich drin? 15.000 Euro.* Wow! Das würde sich lohnen. Er erbat sich Bedenkzeit. Was hatte er schon zu verlieren, wenn es schief ging? Nichts. Und falls er damit durchkam hätte er die nächste Zeit keine Sorgen. Er willigte schließlich ein. *Prima*, sagte der Mann, *hier ist dein Ticket; in einer Stunde geht's los.* So war es also gewesen. Er war durch die Kontrolle gekommen, ohne Probleme, war in Barcelona gelandet, hatte das Geschäft abgeschlossen und entschieden zu bleiben. Er hatte ein Taxi in die Stadt genommen, ausgiebig gefeiert. Am Ende dessen war er in diesem Lokal gelandet, später in der Jugendherberge. Völlig wahnsinnig und trotzdem wohl das Beste was ihm passieren konnte. Nun war er den Erinnerungen an Sarah entkommen und hatte vorerst ausgesorgt.

Er unterbrach sie, während sie zwischen seinen gespreizten Beinen stand, ihre Brüste vor ihm hin und her schwingend. „Wann kannst du hier raus?" Sie lächelte ihn mit fragendem Blick an. „Wir schließen um 5", sagte sie schließlich. „Können wir uns dann sehen, auf einen Kaffee vielleicht?" „Wie süß." Sie schaute ihn beinahe gerührt an. „Ich meine es ernst. Hast du Lust?" „Warum nicht." „Ok, ich hole dich hier ab", sagte er, stand auf und ging, zurück ins Hostel. Dort duschte er, dann ging er sich neue Kleidung kaufen. Als alles erledigt war, war es neun Uhr. Er beschloss, sich ein wenig auszuruhen, um alles zu verarbeiten, und schlief direkt ein. Er träumte von ihr. Sie beide bei einem romantischen Picknick im Park, sich küssend, fühlend, berührend. Plötzlich verwandelte sich die Szenerie in ein Striplokal. Sie lasziv an der Stange tanzend, etliche Männer gaffend, mit Steifen in der Hose. Es brach ihm fast das Herz.

Sie gehörte dort nicht hin. Als er erwachte hatte sich ein Gedanke in seinem Kopf festgesetzt: Er musste sie dort rausholen. Sie hatte etwas Besseres verdient, ein besseres Leben. Momentan konnte er es ihr bieten, wenn auch nicht auf lange Sicht. Aber er lebte im Hier und Jetzt, nicht in der Zukunft. Es musste etwas passieren. Als er aufstand und auf die Uhr sah war es halb 6. Scheiße! dachte er laut. Er sprang auf und rannte los.

Er traute seinen Augen nicht. Sie saß allein auf dem Bordstein und rauchte. Sie war noch da! „Hey", sagte sie. „Wo warst du?" „Du bist noch hier", antwortete er erleichtert. „Ja, ich weiß auch nicht warum. Aber ich denke ich wollte dich wohl wiedersehen. Du hast mich neugierig gemacht", sagte sie und lächelte ihn an. So viel Offenheit war er von Deutschen Frauen nicht gewohnt. Aber es fühlte sich gut an. „Ich dich auch!" gab er zur Antwort. Und dann: „Lass uns hier abhauen!" „Wohin?" „Du kennst dich hier besser aus, dein Lieblingsort, bitte." „Ok, das wäre auf meinem Hausdach. Lass und zwei Kaffee to go kaufen und dort hingehen. Ist nicht weit von hier." Er brauchte nicht lange überzeugt werden, das klang perfekt. Sie spazierten schweigend die leere Straße entlang. Ihre Schulter berührte dabei unablässig seinen Arm. Sie kauften sich in einem Fastfoodrestaurant Kaffee, dann kehrten sie bei ihr ein.

Das Hausdach lag unter vier Stockwerken. Man konnte einen Teil der Stadt überblicken. Und hatte freie Sicht auf den sternenklaren Himmel. „Darf ich dich etwas fragen?" „Na klar, schieß los", forderte sie ihn auf. „Warum arbeitest du in dem Laden?" Sie lachte. „Wieso, bin ich so schlecht?" „Nein, auf keinen Fall. Im Gegenteil, du bist zu gut." Glücklicherweise war es zu dunkel um die Verlegenheit in seinen Augen zu erkennen. Aber sie hörte sie in seinem Ton. „Danke", gab sie ernst zurück. „Also gut, ich bin da eigentlich schon viel zu lange. Es sollte eine einmalige Sache sein, weil ich Geld brauchte. Dann bin ich da irgendwie hängen geblieben. Ist leicht verdientes Geld." „Aber tut es dir gut? All die geilen alten Säcke. Widert dich das nicht an?" „Ein wenig, aber man lernt abzuschalten." „Das kann nicht gut für dich sein. Du solltest etwas anderes machen." „Ja, schon möglich. Ich frage mich auch ab und zu, weshalb ich dort noch hingehe. Es ist wie eine Sucht. Das Geld ist sehr verlockend. Eigentlich bräuchte ich eine Weile gar nicht arbeiten, mit dem was ich dort schon verdient habe. Aber ich will immer mehr. Jetzt bin ich jung, da kann ich mir ein gutes Polster anschaffen, denke ich immer wieder." „Das klingt nicht gut. Es macht deine Seele kaputt." „Findest du, dass meine Seele kaputt wirkt?" Sie war ein wenig beleidigt. „Nein, aber auf Dauer… Das hinterlässt doch Spuren." „Ja, das sollte ich eigentlich wissen. Ich bin Psychologie-Studentin. Aber ich möchte mal eine eigene Praxis und dafür benötigt man eine Menge Startkapital." „Dann nimm lieber einen Kredit auf wenn es soweit ist." „Da hast du wohl Recht." Sie wirkte nachdenklich. „Lass uns das Thema wechseln", schlug sie vor. „Worüber möchtest du sprechen?" „Über dich", gab sie zurück. „Was machst du und wie hat es dich hierher verschlagen?" Er beichtete ihr die ganze Geschichte, angefangen vom Beziehungsaus, schließend mit dem Botenjob. „WoW", sagte sie nur. „Du bist ja abgebrühter als ich." „Nicht wirklich. Eigentlich bin ich ein ganz anständiger Mensch. Und trotzdem konnte ich das Angebot nicht ausschlagen. Ich stand irgendwie neben mir, war nicht ganz ich selbst. Aber ich kann nicht sagen, dass ich es bereue." Er lächelte sie an. „Ich kann das verstehen", entgegnete sie. „Wollen wir uns etwas versprechen?" Er war gespannt. „Lassen wir ab jetzt beide die Finger von sowas und werden ganz anständige Leute?" Er musste nicht lange überlegen. „Klar, werden wir wieder wir selbst." Sie atmete erleichtert aus. „Das wünsche ich mir schon lange. Ich brauchte wohl nur jemanden, der mir den Anstoß gibt." Sie schauten sich tief in die Augen. Ihre Köpfe näherten sich an. Sanft berührten sich ihre Lippen. Er hielt ihr Gesicht in seinen Händen, streichelte ihr über die sommersprossige Wange. Ihre Seelen berührten sich. Es war um sie geschehen. „Lass uns nicht zu weit gehen", unterbrach sie die Stille. „Nein, das möchte ich auch nicht", sagte er mit Bestimmtheit.

Eng umschlungen schliefen sie ein. Der nächste Morgen weckte sie mit strahlendem Sonnenschein. Ein neues Leben hatte begonnen.

Kassensturz

Ina Meyer arbeitete seit einem Monat in einem Café in Berlin Mitte. Beruflich hatte sie schon alles Mögliche gemacht – nach ihrem Kunststudium war sie in einer Galerie tätig, bei einer Autovermietung hatte sie Wagen verliehen, in der Marketingabteilung einer Krankenversicherung war sie in der Assistenz tätig gewesen und vieles mehr. Nun hatte sie einen anderen Weg gewählt. Sie mochte die Gastronomie, es herrschte eine lockere Arbeitsatmosphäre, kein großer Druck und an den Wochentagen meist auch nicht viel Stress. Die Kollegen war offen, lustig und herzlich – genau wie sie. Sie war angekommen und fühlte sich pudelwohl.

Drei Monate war sie nun Single. Die letzte Beziehung war jedoch nicht wirklich vorzeigbar gewesen. Sie hatten sich im Supermarkt kennen gelernt. Er war dort tätig und schien sie bei jedem Treffen anzuschmachten. Er wirkte interessiert, gar verliebt, also entschied sie, dem ganzen eine Chance zu geben. Er kannte ihren Namen nicht, also machte sie den ersten Schritt; darin war sie geübt. Sie war schon immer eine Frau gewesen, die gerne die Initiative ergriff. Ihn auf Facebook zu finden war leicht gewesen, also schrieb sie ihn an. Nur ein kurzes Hallo, keinen Roman. Und schon war er am

Haken. Sie schrieben sich täglich, stellten sich Fragen, lernten sich kennen. Aber sie telefonierten nie, ein Treffen wurde hinausgeschoben. Doch sie tauschten erotische Bilder aus. Sie in Negligé, oben ohne, unten ohne. Er schickte ihr ein Video in dem er sich selbst befriedigte. Der Klang seines Stöhnens gefiel ihr gut. Er hatte sich inzwischen zu einem wirklichen Kandidaten fürs Schlafzimmer entwickelt. Jedoch nicht nur das, sie war verliebt. Bei jeder Nachricht von ihm machte ihr Herz einen Sprung. Er hatte Humor, brachte sie zum Lachen. Und er schien gebildet zu sein, ein Querdenker. Das alles gefiel ihr sehr, doch ein Treffen schob er weiterhin hinaus. Das konnte sie sich nicht erklären, langsam machte sich bei ihr Frust breit. Drei Verabredungen hatten sie schon getroffen und jedes Mal hatte er kurz vorher abgesagt. Er hatte zwei Kinder mit einer anderen Frau, seiner Noch-Ehefrau, von der er seit einem Jahr getrennt lebte. Einer der Beiden war entweder krank, oder seine Frau schob sie bei ihm ab um sich vergnügen zu gehen.

Ina war eine verständnisvolle Frau und machte keine Szene. Doch so langsam verlor selbst sie die Geduld. Allmählich sogar das Interesse. Das schien er zu merken und strengte sich an. Nach fünf Wochen des Hin-und-Hers war es endlich soweit: Sie würden sich treffen. Das Restaurant wählte sie, den Tag er. Endlich würde es passieren. Beide waren nervös, das hatten sie sich gegenseitig eingestanden. Doch das konnte sie nicht aufhalten. Nach der langen Zeit des Wartens waren sie neugierig aufeinander. Sie hatten ein langes Vorspiel hinter sich, das nun möglicherweise zur Vollendung kommen sollte.

Als sie sich im American Diner gegenüber standen sprühten die Funken. Sie hatten beide vor Aufregung keinen Appetit, also hielten sie sich an ihren Getränken fest, um nicht hinten über zu kippen. Sie sprachen gegen die Verlegenheit an, doch keiner hörte dem anderen wirklich zu. Die Gedankenspiralen in ihrem Kopf kreisten nur um diese eine Sache. Und sie kämpften nicht dagegen an. Nach einer halben Stunde der Qual zahlten sie und fuhren zu ihr.

Eine wirkliche Vertrautheit hatte sich noch nicht eingestellt, deshalb tranken sie mehr. Der Film den sie schauten interessierte sie nicht, aber er war besser als das unangenehme Schweigen. Sie hatten sich per Whatsapp schon alles erzählt, kannten sich und doch wieder nicht. Es war eine seltsame Mischung, die verlegen machen musste. Doch der Alkohol tat seine Wirkung. Er traute sich zu fragen. „Möchtest du kuscheln?" Das war der Einstieg. Er hatte ihr zu Beginn gesagt, dass er ein Kuscheltyp ist, das hatte sie begeistert. Nun lagen sie Arm in Arm und es fühlte sich gut an. Er streichelte sanft ihren Unterarm, streifte dabei ihre Brust – nicht ohne Absicht. Sie wollte empört sein, doch es gelang ihr nicht. Einen Augenblick später berührten sich ihre Lippen. Er ließ sie führen, passte sich ihrem Rhythmus an. Langsam begannen sie, sich, jeder für sich, ihrer Kleidung zu entledigen. Er hatte nicht den besten Körper, aber das störte sie nicht. Auch sie selbst war nicht vollkommen.

Die Couch wurde unbequem, also zogen sie ins Schlafzimmer um. Das Bett war für zwei bezogen, doch er würde nicht übernachten, das wussten beide. Sie küssten sich im Liegen, ihre Geschlechtsteile rieben aneinander. Er war steif, bevor sie richtig in Stimmung war. Also küssten sie sich weiter warm. Er leckte ihre Brüste zu zart, sie spürte es kaum, doch das sagte sie ihm nicht. Als er an ihr herunter wanderte wurde sie kribbelig. Sie konnte kaum erwarten was nun kam. Schließlich hatte er eine lange Beziehung hinter sich und sollte wissen was er tut. Er hatte ihr vor Wochen angekündigt, dass er ihre Knöpfe mit Sicherheit finden würde, doch er fand sie nicht. Auch das sagte sie ihm nicht. Er drang in sie ein und verlor nach kurzer Zeit seine Erektion. Die Peinlichkeit konnte man ihm ansehen. „Eine Zigarette und dann geht es weiter", sagte er. Doch er versprach zu viel. Es hatte ihr nichts ausgemacht, das sagte sie ihm auch. Sie wollte seine Nähe, doch er schien sie nicht zu hören. Sie und ihr Verlangen nach Zärtlichkeit. Anstatt sie mit ihrem Dildo zu verwöhnen gab er auf. Und der Abend war vorbei. Er packte seine Sachen zusammen und ward nie wieder gesehen. Eine Weile war sie verletzt, inzwischen hatte sie sich davon erholt. In ihrem Leben hatte sich vieles geändert, sie würde auch das überstehen. Besonders, da es jetzt gut für sie lief. Ein Job der ihr Spaß machte, Kollegen die sie mochte und Freiheit. Alle Freiheit der Welt. Diese würde sie nicht so schnell aufgeben, es sei denn es lief ihr jemand ganz besonderes über den Weg. Was möglicherweise schon geschehen war.

Er hieß Dennis und war ihr Kollege. Leider hatte er eine Freundin. Sie war nicht der Typ Frau, der Beziehungen zerstört, also träumte sie nur ab und zu von ihm – in Tagträumen und nachts im Schlaf. Aber sie würde nichts unternehmen. Sie erholte sich noch von den Wunden der Vergangenheit; für eine echte, reelle Beziehung wäre es zu früh. Oft bedeutete dies Stress, wenn es schief lief, und das tat es leider viel zu oft. Den wollte sie sich nun eine Weile ersparen und das Leben genießen. Sie hatte Reisen gebucht, würde um die Welt fliegen, da brauchte sie keine Bindung an einen Ort. Niemanden, der sie aufhalten, hierhalten würde. Es sei denn…

*

Als sie ihre Schicht am Abend beendete, musste sie mit Schrecken feststellen, dass einhundert Euro in der Kasse fehlten. Außer ihr hatten nur zwei Kollegen gearbeitet – Dennis und Marion. Einer von beiden musste etwas damit zu tun haben, anders konnte sie sich dieses hohe Minus nicht erklären. Aber hatte wirklich einer der beiden in die Kasse gegriffen? Zutrauen wollte sie es niemandem. Sie selbst war die neueste Kollegin, nun schob sie Panik, dass es ihr angelastet werden könnte. Wie sollte sie beweisen, dass sie das Geld nicht genommen hatte? Sie entschied sich für eine riskante Methode – sie rief Dennis an und bat ihn zu kommen.

„Ich schwöre, ich habe das Geld nicht genommen. Du kannst gerne meine Sachen durchsuchen", sagte sie aufgeregt, als er den Laden betrat. Sein Blick war misstrauisch, das enttäuschte sie. Sonst hatten sie sich immer mit einer Umarmung begrüßt, die sich so gut angefühlt hatte, doch jetzt ging Dennis auf Abstand. „Sowas ist hier noch nie vorgekommen. Die Chefs werden sicherlich dich verdächtigen." In Ina brach eine Welt zusammen. „Glaubst du wirklich, dass ich das Geld eingesteckt habe?" fragte sie ihn, seine Worte kaum fassend. Sie sahen sich in die Augen. Lange, intensiv. „Eigentlich nicht, tut mir leid!" Er drückte sie fest. „Vielleicht klärt sich das ja morgen noch auf." „Ich hoffe es"; sie war erleichtert, er glaubte ihr. „Marion hat momentan Geldprobleme. Ich will es ihr nicht zutrauen, aber vielleicht hat sie sich etwas *geborgt*." Dennis wollte niemandem etwas unterstellen, aber die Vermutung lag nahe. Die Chefs mussten entscheiden was zu tun war. Im schlimmsten Falle müssten sie Drei den Betrag zusammen aufbringen und zurückzahlen.

Ina und Dennis saßen noch eine Weile zusammen und redeten, lachten, schwiegen in Harmonie. Dann endlich rückte er mit der Sprache raus: „Ich habe mich von meiner Freundin getrennt." Er blickte sie erwartungsvoll an. „Wirklich? Nach all den Jahren? Aber du wohnst doch bei ihr…" „Nicht mehr, ich bin zu meinen Eltern gezogen. Schon vor einer Woche." „Verstehe. Und weshalb hast du dich getrennt?" Er antwortete nicht sofort, doch nachdenken musste er eigentlich nicht. Er sprang auf. „Ich glaube, ich muss dich doch durchsuchen", sagte er mit spitzbübigem Grinsen. „Was meinst du?"

auch Ina lächelte. „Zieh dich aus, ich möchte alles von dir sehen..."
Sein Blick war ernst. Sie atmete tief. Zum Glück hatte sie ihren neuen Spitzen-BH angezogen und ein dazu passendes Höschen. Sollte sie sich hier einfach so ausziehen? Es war Winter und schon dunkel draußen, aber was wenn jemand hereinkam? Sie mochte ihn sehr und er war ihr vertraut, vor ihm brauchte sie keine falsche Scheu haben. Aber das Setting war ein wenig gewagt.

Was zur Hölle, dachte sie dann, man lebt nur einmal und das Leben besteht aus besonderen Momenten. Dies würde eine tolle Erinnerung werden. So begann sie zu singen: *You can leave your hat on* und strippte sich Lage um Lage ihre Arbeitskleidung vom Körper. Zuerst die Schürze. Sie flog ins andere Ende des Raumes. Dann das T-Shirt, den BH – beide landeten auf dem Tresen. Ihre Brüste waren klein, aber fest. Das gefiel ihm. Mit Schlängelbewegungen entledigte sie sich ihres Rockes, dann der Schuhe, ihrer Strumpfhose – bis sie splitternackt vor ihm stand. Sie lächelte ihn an. In seinen Augen war sie perfekt. „Ich hab nie etwas Schöneres gesehen" sagte er baff.

„Jetzt musst du aber mitziehen", forderte sie ihn auf. In Chippendalemanier warf er seine Jacke in die Ecke, riss sich die Knöpfe seines Karohemdes auf und bewegte es zwischen seinen Beinen hin und her. Sie mussten lachen. Bis auch er nackt vor ihr stand. Er war so viel größer als sie, doch mit den richtigen Positionen war das kein Hindernis. Alles sah vielversprechend aus. Er gefiel ihr sehr.

In einem Anflug von Spontanität wischte er die leidige Tagesabrechnung vom Tresen und klopfte darauf. Ihr gefiel die Idee und sie hüpfte hoch. Die Lichter waren aus, niemand konnte sie erkennen. Falls Passanten am Fenster vorbeiliefen würden sie sie nur bemerken wenn sie ganz genau hinsahen. Das störte sie beide nicht mehr. Sie versanken ineinander während sie sich innig umarmten. Unaufhaltsam, tief, vollkommen.

Sie küssten sich noch lange danach. Dann zogen sie sich an, schlossen ab und gingen Arm in Arm durch die für sie menschenleere Stadt.

Unisex

Wieder eine langweilige Vorlesung über Amerikanische Literaturgeschichte, dachte Ariane. Warum habe ich dieses Studienfach nur gewählt? Ich sollte etwas Spannendes machen. Etwas draußen in der Natur. Mit Tieren oder Menschen. Aber sie hatte sich nun einmal hierfür entschieden und sie war niemand, der so schnell etwas abbrach. Mitschreiben wollte sie trotzdem nicht. Stattdessen sah sie sich im Raum um – unzählige eifrige Studenten, die jedes Wort aufzusaugen schienen, saßen vor ihr. Sie fühlte sich fehl am Platz. Dann ein Lichtblick. Ein junger Mitstudent in den vorderen Reihen schien sich auch nicht konzentrieren zu können. Schaut er zu mir? Oder bilde ich mir das ein? Sie konnte es nicht erkennen, ihre Kurzsichtigkeit ließ keinen weitschweifenden Blick zu. Doch der junge Mann schien zumindest in ihre Richtung zu schauen. Sie beschloss, sich nichts weiter dabei zu denken. Womöglich war sie einfach nur übermüdet und sah Gespenster.

Vorne wurde von den American Indians und ihrer Bedeutung in der Literatur gesprochen, hinten schliefen die Leute auf den Bänken. So war das für gewöhnlich in der letzten Reihe. Moment, hat er mir zugezwinkert? Hätte sie doch bloß ihre blöde Brille eingepackt. Egal, dachte sie sich. sie war nicht darauf aus jemanden kennen zu lernen oder zu flirten. Ihren letzten Freund hatte sie beim Sex mit seiner Mitbewohnerin erwischt, das saß tief. Obwohl sie den Köperkontakt mit Männern schon vermisste ließ sie lieber für eine Weile die Finger davon.

Ariane beschloss, dem Trübsal aus Langeweile und Ahnungslosigkeit ein Ende zu bereiten und zumindest für kurze Zeit zu verschwinden. Der Weg zur Toilette war nicht weit, aber immerhin würde sie dort ein wenig Ruhe haben.

Die Tür die sie öffnete schloss sich nicht. Jemand hielt sie offen. Eine andere Frau? Sie blickte sich um. Nein. Es war der Student aus der Vorlesung. Er hatte sie also bemerkt, sie hatte es sich nicht eingebildet. Jetzt nannte er sie Baby und schob sich eng an sie heran. Seine grünen Augen leuchteten vor Lust.

Was fällt ihm ein? dachte sie. Sex auf der Toilette, was für ein Klischee. Und noch dazu mit einem völlig Fremden? Einem gut aussehenden Fremden allerdings. Sollte sie sich darauf einlassen? Sie hatte keine Zeit zu überlegen – er schob sie hinein, drehte sie um. Lippen ertasteten Lippen, bevor sie wusste wie ihr geschah. Sie erwiderte den feurigen Kuss und wurde feucht. So schnell, dass es sie selbst überraschte. Er saugte an ihren Lippen, ihrer Zunge. Hielt ihren Po fest im Griff und drückte seinen Steifen an ihre Körpermitte. Sie wurde willig, willenlos. So schnell hatte sich die Erregung bei ihr noch nie eingestellt. „Zieh mich aus", befahl sie ihm. Er ließ sich dies nicht zweimal sagen, riss ihr die Kleidung vom Leib, schob sie in die Toilettenkabine und öffnete seine Hose. Ohne Umschweife steckte er sein Glied in ihre lüsterne Öffnung und stieß sie mit schnellen Bewegungen ins Nirvana. Mit jedem tiefen Stoß schien die Erde sich schneller zu drehen. Sie stöhnte laut und heftig. Er tat es ihr gleich. Ihre ekstatischen Klänge bildeten einen Chor, der weit über die Toilettenkabine hinaus zu hören sein musste. Doch es scherte sie nicht. In ihrer Lust schrien sie sich die Seele aus dem Leib. Er stöhnte ein letztes Mal laut auf und ergoss seinen Liebessaft über ihr Dekoltée. Das war ok für sie.

Wenig später verschwanden sie aus dem Toilettenraum. Zu dieser Vorlesung würden sie nie wieder gehen. Und falls doch, aus einem anderen Grund.

Nur Freunde

Sie begegneten sich im Eingangsbereich einer städtischen Psychiatrischen Klinik. Lena saß im Ergotherapieraum und bastelte sich ein Armband, Jan checkte soeben ein. Er hatte eine Ukulele umgehängt und zwei große Koffer neben sich. Es sah so aus, als würde er eine Weile bleiben. Er schaute sie tieftraurig an, so als suche er Orientierung. Sie schaute weg. Das konnte sie nicht gebrauchen. Nicht noch jemanden, den sie unter ihre Fittiche nehmen sollte. Das lieber gleich im Keim ersticken, dachte sie. Sie selbst war seit drei Wochen hier und hatte schon einiges mitbekommen. Viele hatten sich mit ihren Problemen an sie gewandt, weil sie immer Lösungen parat hatte und sich das herum-sprach. Doch sie hatte diese Rolle gründlich satt, schließlich war sie hier auch Patientin.

Sie hatten keinerlei Berührungspunkte, was es ihr leicht machte ihm aus dem Weg zu gehen. Er ließ sie gänzlich in Ruhe, darüber war sie froh. Sie brauchte diese Distanz, sie konnte im Moment niemanden mehr in ihrem Herzen aufnehmen. Es war groß und dennoch überfüllt. Er war völlig zugedröhnt von den Medikamenten und bekam nichts davon mit. Er lebte vor sich hin, nichts ahnend von ihren Versuchen sich abzugrenzen.

Ein paar Tage waren vergangen, es war Freitag nachmittag, alle Patienten der Station saßen bei selbstgebackenem Kuchen und Kaffee zusammen. Manche unterhielten sich, manche aßen stumm. Es herrschte Harmonie. Bis plötzlich jemand auf den Tisch haute. Alle schauten zu Jan, keiner wusste was los war. Jemand sprang auf und hielt ihn fest. Es herrschte Tumult, die Patienten bekamen es mit der Angst zu tun, die Pfleger machten sich zu allem bereit. Sie redeten auf Jan ein, er solle sich zusammen reißen, nicht so ausflippen, sonst würde er fixiert. Nur eine, Lena, hatte mitbekommen was passiert war. Jan schmatzte, weil er aufgrund seines hohen Haldolpegels den Mund nicht zuhalten konnte. Anja hatte dafür kein Verständnis und wies ihn penetrant darauf hin, dass es sie störe. Er hatte angeboten sich wegzusetzen, doch sie wollte ihn bei sich. Nannte ihn ihren Schatz, aber gab nicht auf, ihn zu bemängeln. Bis er genug hatte. Sicherlich war er leicht reizbar, doch Lena verstand. Er war nicht er selbst und Anja hatte seine sensible Grenze klar überschritten. Er konnte nichts für sein Schmatzen und war darüber selbst frustriert, neben allen anderen Dingen die die Medikamente bei ihm veränderten.

Nachdem die Pfleger von ihm abgelassen hatten, ging er schnellen Schrittes nach draußen. Auf dem Weg dorthin begegnete er der

Oberärztin, die ihn fragte was passiert sei. Er versuchte es ihr zu erklären, sie glaubte ihm nicht. Das machte Lena wütend. Nachdem Jan enttäuscht abgezogen war, bestätigte sie Frau Dr. Krug seine Worte. Lena war eine integere Patientin und ihr wurde Glauben geschenkt. Nach dem Gespräch ging sie nach draußen um Jan zu suchen. Er war aufgebracht, lief von einer Seite des Gebäudes zur anderen, immer an der Wand lang. Lena ging zu ihm und sagte seinen Namen. Er schien nichts wahrzunehmen. Sie wartete bis er sich umdrehte und sie sah, breitete die Arme aus und wartete, bis er sich darin wiederfand. Sie drückte ihn fest, so als wolle sie ihn wieder ganz machen und alle auseinandergefallenen Puzzleteilchen in seinem Inneren zusammenfügen.

Nun war es vorbei mit der Distanz, ab jetzt waren sie ein Team, schwor sich Lena. Wenn jemand Schutz und Aufmerksamkeit brauchte, dann er. Sie würde alle anderen sich selbst überlassen und ihre Kraft nur noch für sich und für Jan aufwenden. Denn er brauchte sie, auch wenn er es nur mit den Augen sagte. Und sie würde für ihn da sein. Sie war die einzige die ihn verstand, das wussten sie beide. Und sie war in der Lage, da es ihr schon besser ging als ihm, eine Brücke zu bauen zwischen seinem Innenleben und der komplizierten Realität im Krankenhaus.

Doch leider stand ihre Entlassung mittlerweile kurz bevor. Sie machte sich Sorgen, wie es mit ihm weitergehen würde, ohne ihren Schutz. Es ging ihm noch sehr schlecht und er konnte nicht gut auf sich selbst aufpassen, sich nicht vor den Sticheleien der anderen schützen. Und die gab es en mass, denn Anja hatte die anderen auf ihrer Seite, da sie nur ihre Version der Geschichte kannten und hören wollten. Der Versuch, sich mit ihr wieder zu versöhnen war gescheitert. Sie war kleingeistig und nachtragend. Keine Chance. Am besten wäre es, wenn auch er entlassen würde, doch davon war er laut Aussage der Ärzte noch weit entfernt.

Sie saßen bei einer Zigarette im Raucherpavillon und unterhielten sich über das Leben. Er war drei Jahre jünger als sie, doch er hatte das Wesentliche verstanden. „Ich brauche Liebe"; sagte er ihr. „Besonders, wenn ich depressiv bin." Das rührte sie. „Ich habe ganz viel davon", gestand sie ehrlich und küsste ihn auf die Stirn. „Das fühle ich", entgegnete er. „Du bist ein Engel." Sie lächelte. „Ach was, ich versuche nur, ein guter Mensch zu sein." Nach einer Pause fügte sie hinzu: „Besonders den Menschen gegenüber die ich mag." Er atmete tief, vor Erleichterung, wenigsten eine Person auf seiner Seite zu haben. Sie küsste ihn erneut, diesmal auf die Wange. „Das fühlt sich gut an", sagte er. Sie umarmten sich lange.

„Kommst du mich mal besuchen wenn du hier raus bist?" „Na klar, auf jeden Fall. Sooft du möchtest." Lena meinte es ernst. Sie beendeten den Abend und gingen zu Bett. Dies war die erste Nacht in dieser Einrichtung in der er gut schlief.

Am nächsten Tag machten sie nach dem Abendessen einen Spaziergang durch die nahegelegenen Felder. Sie hielten Händchen, weil es sich richtig anfühlte. Die Sonne ging langsam unter, es wurde dämmerig. „Total romantisch", sagte sie. „Schade, dass wir beide Single sind." Er schaute verdutzt. „Weshalb schade? Ist doch prima." Er blieb stehen und umarmte sie fest. Dann küsste er ihren Hals, ihre Wange, ihren Mund.

Sie mochte ihn sehr, hatte ihn lieb gewonnen, aber sie spürte nichts. Er ebenso wenig. Beide wollten etwas spüren, aber da war nur Freundschaft, mehr nicht. „Tut mir leid", sagte er nachdem er sich von ihr gelöst hatte. „Da gibt es nichts was dir leid tun muss, aber wir lassen das besser…" „Ja…"

Er schämte sich trotzdem ein wenig, aber sie gab ihm nicht das Gefühl, dass das nötig wäre. Sie gingen zurück und legten sich schlafen. Er drehte sich ein paar Mal mehr als sonst bevor er endlich

Ruhe fand. Sie saß die halbe Nacht in der Küche, weil sie kein Auge zutun konnte. Hatte dieser Kuss etwas verändert? Drohte ihre Freundschaft daran zu scheitern, dass sie nichts fühlten? Machte es das alles überflüssig, weil es kein Happy End geben würde? Sie mochte ihn über alles. Warum waren da keine anderen Gefühle? Vielleicht lag es an den Medikamenten, die sie stumpf gemacht hatten. Oder vielleicht an der Depression. Möglicherweise würden sie, wenn sie es in ein paar Monaten wieder versuchten anders fühlen. Ihre Entlassung war für den nächsten Tag geplant – ein weiterer Grund für ihren Schlafmangel. Sie war nervös, wusste nicht, ob sie alleine zurechtkommen würde. Vielleicht hatte sie das in den letzten Wochen verlernt. Oder vielleicht war sie noch gar nicht gesund. Vielleicht wollte sie aber auch einfach Jan nicht hier alleine lassen und redete sich das alles ein. Sie würde keinen Rückzieher machen, sie würde es versuchen. Und ihn besuchen so oft sie konnte. Sie war weiterhin krankgeschrieben und würde Zeit haben.

Am nächsten Morgen verabschiedeten sie sich tränenreich. Sie würden sich vermissen, so viel stand fest. Doch ihr erster Besuch ließ nicht lange auf sich warten. Sie konnte zu Hause nicht viel mit sich anfangen, obwohl sie klar kam, so fuhr sie am nächsten Tag zu Jan. Er war inzwischen etwas stabiler, daher behielt er die ständigen

Mobbing-Attacken für sich. Er wollte sie damit nicht belasten. Sie setzten sich auf den Rasen und redeten. „Hattest du heute dein Gespräch?" Er nickte. „Sobald ich etwas zum wohnen gefunden habe können wir über einen Entlassungstermin sprechen." Bei seiner letzten Freundin war er rausgeflogen und seine Eltern waren verstorben, er hatte also nicht viele Optionen. „Ich helfe dir, etwas zu finden!" schlug sie vor. „Und zur Not kommst du erstmal zu mir." „Das ist ein wirklich liebes Angebot, aber du hast doch auch nicht so viel Platz." „Iwo, ich habe anderthalb Zimmer, da können wir beide locker unterkommen!" „Das wäre natürlich großartig." Sie freute sich beinahe mehr als er: „Jay, ich habe einen Mitbewohner!" juchzte sie. Sie küssten sich kurz und freundschaftlich.

Warum nur fühlte er nichts? Sie war der tollste Mensch den er kannte, seine Rettung in der Not – immer wieder. Sein Halt, sein Zuhause. Das alles machte keinen Sinn. Doch er freute sich sehr über ihr Angebot und ihre täglichen Besuche bis zu seiner Entlassung.

„Komm, gib mir einen Koffer", sagte sie zwei Wochen später, als sie ihn mit dem Wagen ihres Vaters im Krankenhaus abholte. „Niemals, ich lass doch so eine kleine Frau nicht so einen schweren Koffer tragen… Hier, nimm meine Ukulele." Sie lächelte, „Ok."

Zu Hause angekommen kochte sie ihnen beiden ein leckeres Mittagessen, dann legten sie sich beide ein Weilchen aufs Ohr – er auf einer Mattratze, sie in ihrem Bett. Am Abend hatte sie es ebenso geplant, doch sie hatte das dringende Bedürfnis nach Körpernähe. Ihre letzte Beziehung war noch nicht lange vorbei und sie vermisste dies am meisten. „Kommst du für eine Weile in mein Bett und legst deine Arme um mich?" fragte sie ihn daher, wenn auch etwas zögerlich. „Natürlich." Er tat es gerne. In Löffelchenstellung lagen sie dort, bis beide einschliefen.

Tagsüber verbrachten sie viel Zeit miteinander. Er spielte ihr etwas auf seiner Ukulele vor, sie sang und tanzte dazu. Es herrschte absolute Harmonie. Sie kochten gemeinsam, teilten sich die Hausarbeit, halfen einander bei der Jobsuche. Es lief gut. Bis auf die Abende, die sie ohne romantische Gefühle in dem selben Bett verbrachten – wie Bruder und Schwester. Dabei wünschten sie sich beide nichts sehnlicher, als sich zu verlieben. Ineinander.

Eines sommerlichen Abends, Wochen waren vergangen, lagen sie in der gewohnten Position. Er tat etwas, das er vorher nie getan hatte, es war beinahe ein Reflex – er begann, sie zu streicheln. Ihre Haut fühlte sich warm und weich an.

Ohne es verhindern zu können kribbelte es in ihrem ganzen Körper. Er fühlte ihre Gänsehaut und wagte sich einen Schritt weiter. Sanft küsste er ihren Nacken. Dann hielt er inne. Was machte er da? Sie war seine beste Freundin. Wollte er das aufs Spiel setzen? Sie hatten keine solchen Gefühle füreinander, also musste es zwangsläufig schief gehen. Er hörte auf. Doch nun drehte sie sich zu ihm um, streichelte ihm ebenfalls über Arme und Brust. Auch er konnte sich einer Gänsehaut nicht erwehren. „Sollen wir das wirklich machen?" fragte er unsicher. Als Antwort küsste sie ihn, diesmal mitten auf den Mund, leidenschaftlich, mit Zunge. Plötzlich entfachte ein Feuerwerk in ihren Körpern. Die Glückshormone schossen nur so durch sie durch. Sie hielten inne. „Wow"; sagten sie beinahe zeitgleich. Das war es wonach sie sich gesehnt hatten. Das hatte gefehlt um alles perfekt zu machen. Endlich, endlich ein unwiderrufbares Zeichen der körperlichen Anziehung, als Ergänzung zur seelischen. Streitbar, ob es an den Medikamenten lag, welche bei beiden nun reduziert waren, oder an der Depression, aber diese schwere Phase lag jetzt hinter ihnen. Endlich fühlten sie was sie sich zu fühlen wünschten. Und es war besser als sie es sich erträumt hatten. Die Leidenschaft war erwacht.

Der Seitensprung

Ein weiterer langweiliger Tag im Büro, mit langweiligen Gesprächen über langweilige Themen, war vergangen. Nun würde sich Laura auf den Weg nach Hause machen, zu ihrem langweiligen Mann, mit dem sie seit 12 Jahren verheiratet war und den sie nicht mehr ausstehen konnte. Seine Rituale, seine öden Geschichten aus seinem ebenso öden Büro, sein Schmatzen beim Essen, seine ständig hochgezogene Augenbraue. Sie liebte ihn nicht mehr und fühlte sich nicht mehr geliebt. Nie hörte er ihr zu, wenn sie über ihre Gefühle oder Gedanken, Träume oder Wünsche sprach. Seine Welt drehte sich nur um ihn, so auch im Schlafzimmer. Er war ein Egoist und würde immer einer bleiben, egal wie viel Unlust von ihr ausging, er begriff nicht. So drückte sie sich so oft sie konnte vor dem Geschlechtsverkehr, ging lieber abends noch aus, als neben ihm zu liegen und ihn in Versuchung zu bringen. Doch das konnte sie nicht mehr lange durchziehen, sie war 40 und brauchte ihren Schlaf. Die meisten ihrer Freundinnen waren bedeutend jünger, doch sie musste endlich anfangen, ihrem Alter gerecht zu leben. Sie war keine Anfang 20 mehr und die langen Nächte forderten ihren Tribut. Laura war übel gelaunt und konnte Martin noch schlechter ertragen. Wie sollte das nur weitergehen?, fragte sie sich, wenn sie des Nachts todmüde in ihr gemeinsames Bett fiel. Vielleicht sollte sie sich trennen. Doch ihr Mann hatte schon kurz nach der Hochzeit seinen Kinderwunsch geäußert und sie hatten nun eine gemeinsame Tochter von 11 Jahren. Nur ihretwegen blieb sie. Und nur ihretwegen warf sie Martin nicht raus. Möglicherweise war es ein Fehler, ihrer Tochter heile Welt vorzuspielen. So bekam sie ein falsches Bild von der Liebe, aber eben ein richtiges von der Ehe, dachte Laura zynisch und schlug sich die Decke über den Kopf.

Am nächsten Morgen begrüßte sie im Büro ein unbekanntes Gesicht. „Hallo, ich bin Adrian"; stellte sich der neue Kollege aus der Rechnungsabteilung vor, der von nun an ihr gegenüber sitzen würde. „Angenehm, Laura." Er wirkte sympathisch, das könnte funktionieren, dachte sie. „Ich geh eben zur Kaffeemaschine, soll ich dir einen mitbringen?" Er war zuvorkommend, umsichtig, ein Gentleman. Das gefiel ihr. „Ja, mit Milch bitte." Endlich war ein frischer Wind ins Büro eingezogen. Das war lange überfällig gewesen.

„Wie lange bist du schon dabei?", fragte er sie in der Mittagspause in der Kantine. „Seit drei Jahren, ziemlich genau." „Nicht schlecht. Und, macht es noch Spaß?" „Naja, kommt drauf an, wie man Spaß definiert. Wenn es Spaß macht, sich zu langweilen, dann habe ich die Zeit meines Lebens!" Er musste lachen, obwohl er verstand. „Das sind ja Aussichten", sagte er mit einem Zwinkern. „Was hat dich denn hierher verschlagen?" wollte sie wissen. „Ich kenne den Chef, wir sind Nachbarn." Oje, dachte sich Laura, sie hatte zu viel gesagt. „Aber keine Sorge, dein Geheimnis ist bei mir sicher." Sie lächelte zurück. „Danke. Und was hast du vorher gemacht?" „Etwas ganz anderes. Ich habe eine Firma aufgebaut und geleitet. Aber das wurde mir alles zu öde. Ich habe sie letztendlich verkauft, weil ich etwas anderes machen wollte. Habe dann meine Pilotenscheine gemacht und jetzt bin ich hier." Sie schaute verdutzt. „Wow, beeindruckend. Aber ein ganz schönes Downsizing." „Ah, so sehe ich das gar nicht. Halt was ganz anderes, aber ich wollte es mal ausprobieren." „Du bist sehr bodenständig geblieben, das ehrt dich." „Danke." Er lächelte sie offen und herzlich an. Solche Gespräche hatte sie vermisst. Mit ihrem Mann waren sie nicht mehr möglich, der Alltag und die Genervtheit voneinander hatten all das kaputt gemacht. „Und du? Verheiratet, wie ich sehe…" „Ja, seit ewig. Eine Tochter. Ich liebe sie über alles, aber die Pubertät hat sie verändert." „Ein schlimmes Alter." „Hast du Kinder?" „Nein. Verheiratet bin ich auch nicht", er lächelte. „Eine Freundin?" „Nein, vogelfrei." Sie nickte verständig und bedauerte ihren Status.

Nach Feierabend fuhr sie eine Weile umher. Sie wollte nicht nach Hause, dort würde der Alltag über sie hereinbrechen. Sie wollte einfach den Kopf frei kriegen. Wäre es nicht für ihre Tochter, es würden sie keine zehn Pferde nach Hause bekommen können.

„Wie war die Schule?", fragte sie am Abend ihr Mädchen. „Scheiße! Ich bin auf meinem Zimmer!" „Ohne Abendessen?" „Keinen Hunger!" So ging es fast jeden Tag. Ihre Tochter machte eine schräge Diät und hatte dementsprechende Laune. Es war kaum auszuhalten. Doch was Liebe alles möglich macht. Laura kam damit irgendwie zurecht.

„Ach war es wieder anstrengend im Büro", lag ihr Mann ihr später in den Ohren. Er wurde auf der Arbeit stark in Anspruch genommen, doch er nahm es nicht wie ein echter Mann. Er jammerte. „Alle wollen immer was von mir. Ich habe keine ruhige Minute", klagte er. „Mein Tag war schön", warf Laura ein. „Und dann diese dumme Sekretärin, kapiert nichts und macht einfach alles falsch." Er hörte ihr, wie immer, nicht zu. Zum Glück war er für einen Annäherungsversuch zu geschafft. Sie war heilfroh. Doch sie wälzte sich wie jede Nacht hin und her. Sie konnte es nicht mehr ertragen neben ihm zu liegen. So ging es Abend um Abend. Tag um Tag. Sie hatte ihr Leben satt, wollte ausbrechen. Doch wie? Sie konnte nicht einfach so alles hinter sich lassen, ihre Tochter nehmen und verschwinden. Oder doch?

Auch jeder Tag auf der Arbeit war der Gleiche. Adrian brachte ihr Kaffee, sie unterhielten sich angeregt in der Mittagspause – inzwischen auch über die Situation zu Hause – scherzten im Büro. Doch diese Routine war ihr nicht über, sie war ihr Lebenselixier. Er hörte ihr zu, ging auf sie ein, gab ihr auf eine seltsame Art Sicherheit und Geborgenheit. Sie fühlte sich wohl mit ihm. Er zeigte echtes Interesse. Und die Tatsache, dass er Single war gefiel ihr immer mehr.

Eines Freitag Nachmittags – alle Kollegen waren schon in den Feierabend verschwunden – entschieden sie beide, länger zu arbeiten. Sie wollte nicht nach Hause und er wollte bei ihr sein. Beide hatten nichts mehr zu tun, taten aber beschäftigt. Er beobachtete sie unauffällig, verdeckt durch seinen Bildschirm, sie tat es ihm gleich. Irgendwann trafen sich ihre Blicke. Sie mussten lachen. „Noch einen Kaffee?" Sie wollte. Doch diesmal begleitete sie ihn in die Küche. Er schenkte Kaffee ein, sie betrachtete ihn derweil. Er war groß, über eins Neunzig. Seine Schläfen waren ergraut und er hatte einen kleinen Wohlfühlbauch. Doch das mochte sie. Er war offenbar ein Genussmensch, so wie sie.

„Darf ich dich küssen?" fragte er aus dem Nichts heraus und riss sie aus ihren Überlegungen. Sie verschwendete keinen Gedanken an ihre Familie und lächelte ihn vielsagend an. Er nahm ihren Kopf in beide Hände, küsste zuerst ihre Stirn, wanderte herunter zu ihrer Nase und versank schließlich in ihren sinnlichen Lippen. Der Kuss, zuerst zögerlich, dann leidenschaftlich und wild, stimulierte sie an Stellen, die lange keine Beachtung gefunden hatten. Sie fühlte sich federleicht, schien zu schweben. So muss sich Wolke sieben anfühlen, dachte sie. Sanft küsste er ihre Wange, ihren Hals. Sie genoss. Als er an ihrem Ohrläppchen saugte, knöpfte sie sich langsam die Bluse auf, zog sich Schuhe und Rock aus und war plötzlich splitternackt. „Da hat es aber jemand eilig", scherzte Adrian. „Oh ja", gab sie zu und entledigte auch ihn seiner Kleidung.

Das Liebesspiel war einfühlsam, zärtlich, vorsichtig und forsch zugleich. Lange entschlafene Lust breitete sich in ihrem Körper aus. So wurde sie lange nicht geliebt. Und ja, man konnte von Liebe sprechen, zumindest von körperlicher. So wie er sie behandelte war es ihm ernst. Sie war nicht nur eine schnelle Nummer für ihn, das konnte sie fühlen. Von nun an würden dieser Ort und der tägliche Kaffee eine ganz neue Bedeutung einnehmen. Von nun an hatte sie eine Beziehung zu ihrem Kollegen, die weit über das Geschäftliche hinaus ging.

Auf dem Nachhauseweg fasste Laura einen Entschluss – sie würde ihren Mann verlassen und ihre Tochter mitnehmen. Von diesem trostlosen Leben hatte sie gestrichen die Nase voll. Sie wollte wahre Liebe, keine Ehefalle. Da draußen wartete mehr auf sie. Zärtlichkeit, Leidenschaft. Sie war zu jung, um sich mit weniger zufrieden zu geben. Es war Zeit, sich das Beste zu holen was das Leben zu bieten hatte und das war in ihrem Fall Adrian.

Aufguss

Es war angenehm heiß in der Sauna. Er legte sich auf die unterste Bank, splitternackt, und entspannte sich sofort. Der Schweiß lief seitlich an ihm hinab. Er atmete die Pinienluft – ein und aus. Er ließ den rechten Arm baumeln und streckte alle Viere von sich. Herrlich, dachte er. Das müsste er viel öfter machen. Ansonsten dachte er an nichts. Die Entspannung tat ihr Werk, er war gedankenleer. Auf angenehme Weise. Sonst rauschte das Leben nur so durch seinen Kopf, doch hier, in dieser kleinen Oase des Glücks, war nur Stillstand. Er kam zur Ruhe. Und das fühlte sich gut an.

Die Tür öffnete sich ruckartig, er hörte das Geräusch bei geschlossenen Augen. Sie kam herein, in ein Handtuch gehüllt, dass sie sofort fallen ließ, bevor sie sich ihm gegenüber auf die Bank setzte. Minuten vergingen, bis er einen neugierigen Blick wagte. Sie war heiß, dachte er, wie sie da schweißgebadet vor ihm saß. Er würde die Tropfen gerne ablecken, fuhr es ihm durch die Gedanken. Doch er zügelte sich. Das war unangemessen. Also schloss er wieder die Augen und fiel in den Schlaf der Gerechten. Er träumte. Ein erotischer Traum, der sich angenehm anfühlte. Sie saß auf ihm, ritt ihn wild, ihre Brüste wippten auf und ab, ihr langes Haar umspielte seinen Oberkörper. Wie automatisch stellte sich seine Männlichkeit auf. Und er spielte mit sich selbst.

Allmählich wachte er auf, seinen Penis in der Hand. Er schämte sich für einen kurzen Moment, doch sie hatte die Augen geschlossen, bekam nichts davon mit. Er war erleichtert. Aber auch so erregt, dass an ein Aufhören nicht zu denken war. Er betrachtete ihre Brüste, die voll und weich, so nah und doch so weit entfernt waren. Er sah ihren Busch, gestutzt, aber behaart – so wie es ihm gefiel. Er stand nicht auf komplett rasierte Frauen, in ihm schlummerte ein Hippie, zumindest was das betraf. Sein Blick blieb an ihr haften, seine Hand bewegte sich schneller. Jetzt nur keinen Mucks machen, dachte er, doch es war zu spät. Sein lautes Stöhnen durchschnitt die dicke Luft, er kam. Sie öffnete die Augen. Jetzt ist sie angewidert und geht, beschwert sich vielleicht sogar, ging es ihm durch den Kopf. Doch sie lächelte – sexy, wissend. Ein Traum? Nein, Wirklichkeit. Sie fasste sich an, knetete ihre Brüste, spreizte langsam die Beine. Er konnte kaum glauben was gerade passierte. Seine Hand war schneller als sein Verstand und rieb schon bevor er es realisieren konnte sein wieder steifes Glied. Er liebte es, Frauen dabei zuzuschauen wie sie sich verwöhnten. Es turnte ihn an. Und sie schien ebenso darauf zu stehen. Sie streichelten, rieben, kneteten und stöhnten ohne Scheu. Das hier war besser als jede Fantasie. Sie starrten sich unverhohlen an und steigerten sich in ihre Lust. Die Hitze begann, ihm zu schaffen zu machen, doch er war standfest. Jetzt bloß nicht schlapp machen, dachte er sich. Er packte seinen Penis fest an und rieb härter. Ihre Hand war inzwischen in ihrem Schritt angekommen. Sie schloss die Augen und stöhnte. Er hielt den Blick fest auf ihr. Was für ein Anblick. Sie wurde schneller, wilder, stand kurz vor der Explosion – dann hielt sie inne, schaute ihn an. Sie war tief in der Bank versunken, ihr Blick verführerisch. „Komm her" flüsterte sie, fast unhörbar. Doch er verstand.

Es war soweit, sie würden sich vereinen. Langsam erhob er sich, ging auf sie zu. Sie starrte auf seinen Steifen, mit Bewunderung und in Vorfreude. Sie ließ von sich ab, bereit, ihn zu empfangen. Er kniete sich vor sie, umkreiste mit seiner Erektion ihren Eingang. Dann drang er kraftvoll in sie ein. Sie schrie auf, vor Erregung euphorisch. Er wagte sich mit kräftigen Stößen vor, erreichte ihren G-Punkt und löste laute Schreie aus. Er veränderte sein Tempo, von schnell zu langsam, von langsam zu schnell. Zog seinen Steifen aus ihr, stieß ihn wieder in sie. Bespielte mit ihm ihre Klitoris, wie ein Instrument. Sie kam zum ersten Mal. Doch er war noch lange nicht soweit – er biss genussvoll in ihre harten Brustwarzen, leckte sie, presste sie zusammen und versenkte seinen Kopf tief zwischen ihren Brüsten. Ließ seine Zunge ihren Bauch hinab wandern, bis zu ihrer Scham und versank darin wie ein Schiff im Ozean. Er leckte, stupste, kreiste, bis ihr Stöhnen beinahe keine Pause mehr einlegte. Sie war von Lust erfüllt. Und es war ihre egal, ob sie jemand hörte. Sie verlor keinen Gedanken mehr an die Außenwelt. Als er endlich wieder in sie eindrang, kam sie sofort. Er bewegte sich in der pulsierenden, sich zusammenziehenden Höhle und kam kurz nach ihr heftig zum Orgasmus. Sein lautes Stöhnen begleitete ihr Nachbeben und ließ sie erneut kommen.

Er ließ sich erschöpft neben sie auf die Bank gleiten, während sich die Tür öffnete. Ein nichts ahnendes Pärchen gesellte sich zu ihnen. Den Zeitpunkt hätten sie nicht besser wählen können. Sie verließ kurz darauf den Raum, die sexuelle Spannung zwischen ihnen war nicht auszuhalten. Doch er würde sich Tag und Zeit merken, vielleicht konnte dieses atemberaubende Erlebnis Wiederholung finden.

Australische Hitze

Die Hochzeit würde großartig werden, das stand außer Frage. Am Strand von Cairns in Ostaustralien, unter Palmen, bei bestem Wetter. Angela hatte all ihre Lieben eingeladen, in das Land ihrer Wahl, in das sie vor Jahren ausgewandert war – darunter Christina, ihre zweite Brautjungfer, die endlich die Chance ergriff, dieses Land zu besuchen. Sie hatte schon viel gehört und alles hatte sich bisher bewahrheitet. Sie liebte es hier zu sein.

„Kannst du runter gehen? Tom wartet draußen im Auto, er hat die Blumen..." Natürlich konnte Tina, sie würde heute alles für ihre Freundin tun.

Auf sie wurde schon gewartet. Tom war ein attraktiver, schelmischer Australier, der sie mit einem lässigen „Heyyy" begrüßte. Tina hatte schon einiges von ihm gehört, demnach war er ein Draufgänger, verspielt wie ein Kind und zu allerlei Scherzen aufgelegt. Sie musste sich eingestehen, er gefiel ihr. So gutaussehend, braungebrannt, mit breiten Schultern. Und sein Lächeln war einfach umwertend. Sie wusste, ihre Freundin hatte für sie insgeheim einen anderen vorgesehen – Keith, den netten aber etwas langweiligen Nachbarn. Ihn hatte sie noch nicht kennen gelernt, und daran verlor Tina nun keinen Gedanken mehr. Es hatte sie erwischt, auf den ersten Blick. Sie nahm sich vor, herauszufinden, was sich hinter Toms verwegener Schale verbarg. Er musste ein guter Typ sein, denn er hatte Mitch, Angelas Ehemann in Spe, einen Job besorgt und auch sonst alles getan, damit sie sich hier heimisch fühlten. So einen Mann suchte sie – aufregend, aber solide. Ob es ihm ebenso erging würde sich noch zeigen, aber sie hatte kein schlechtes Gefühl.

Doch bevor sie an sich selbst denken konnte, galt es erst einmal, ihre Freundin unter die Haube zu bringen. Diese war wunderschön hergerichtet und seltsam entspannt auf der Fahrt in der Limousine, während Tina langsam nervös wurde. Sie hoffte, vor aller Augen nichts falsch zu machen und die vorbereitete Rede in fehlerfreiem Englisch vorzutragen. Was nicht alles schief gehen konnte – sie malte sich jedes Detail aus. Horrorszenarien formten sich in ihren Gedanken. Doch als sie ankamen reichte ein verschwörerischer Blick von Tom, um sie komplett zu beruhigen. Er war da, er würde sie vor dem Schlimmsten bewahren, das spürte sie. Zumindest stellte sie sich das so vor. Er hatte Heldenpotential, in ihrer Vorstellung, ein Mann wie ein Baum, den nichts aus der Ruhe bringt.

Sie musste sich sehr zusammen nehmen, um ihn nicht die ganze Zeit anzustarren. Doch sie hatten ständig Blickkontakt, was für sie besonders aufregend war an einem Tag wie diesem, als Single bei einer Hochzeit.

Die Zeremonie lief glatt und rührte zu Tränen. Als sie vorüber war, versammelten sich alle für ein Gruppenfoto – bis auf Tom. Der stellte sich hinter den Fotografen und machte Grimassen, damit die anderen lachten. Was für ein toller Typ, dachte Tina wieder einmal. Einfach zum Anbeißen.

Der Abend nahm seinen Lauf, es wurde gefeiert, getrunken, getanzt und gelacht. Ausklingen lassen wollte das Brautpaar ihn in einem Kasino, also machten sie sich dahin auf den Weg. Im Wagen saß Tina neben Keith, der sie ständig beobachtete und versuchte ein Gespräch vom Zaun zu brechen. Doch er gab sich vergebens Mühe. Tina war ganz auf Tom fokussiert, der hinter ihr saß und den sie zwar nicht sehen, aber hören konnte. Seine Stimme war tief und rau – er sprach sanft, aber bestimmt. Sein Selbstbewusstsein war es, was sie angezogen hatte und er hatte davon noch kein bisschen eingebüßt. Es musste echt sein, das machte sie ungemein an.

Das Kasino war schlecht besucht, doch so blieb mehr Spielraum für die Hochzeitsgesellschaft. Sie versuchten sich an den Tischen und Maschinen, bis sie all ihr vorgesehenes Geld verspielt hatten. Danach setzten sie sich an die Bar, alberten rum und tranken auf das Brautpaar. Einer von ihnen übertrieb es ein wenig, sodass er wegen Trunkenheit der Lokalität verwiesen wurde. Ein peinlicher Abgang, aber alle beschlossen, mit ihm zu gehen. Sie waren als Gruppe gekommen und würden den Laden auch als Gruppe verlassen. Das taten sie nun.

Vor der Tür herrschte Tumult – Tom mittendrin. Er war draußen gewesen um zu rauchen. Es hatte wohl eine Schlägerei gegeben, die Polizei sei schon unterwegs. Tom war daran beteiligt gewesen, wie eine Freundin berichtete. Ein Pärchen hatte handgreiflich gestritten und er sei dazwischen gegangen. Dabei hatte er sich ein paar eingefangen. Nun hatte die beteiligte Frau die Seiten gewechselt. Sie hielt zu ihrem Mann, in dem Versuch, die ganze Schuld auf Tom zu schieben. Dieser saß mit schmerzendem Gesicht auf der Brüstung vor dem Kasino und verstand die Welt nicht mehr.

Als die Polizei endlich eintraf hatten sich die meisten Gruppenmitglieder schon verabschiedet. Der Abend war lang gewesen, alle erschöpft und ko. Doch Tina war geblieben. Undenkbar für sie, Tom einfach hier allein zu lassen. Er brauchte moralische Unterstützung und darin war sie sozusagen Meisterin. Er hatte kein leichtes Spiel beim Versuch, der Polizei die Lage zu erklären. Es stand Aussage gegen Aussage – Zwei gegen Einen. Die Ungerechtigkeit dieser Situation war kaum auszuhalten. Tina hatte nichts gesehen und war daher keine große Hilfe, doch sie kochte innerlich ob des falschen Spiels. Tom dagegen blieb ruhig und beantwortete alle Fragen mit Bedacht. Am Ende entschieden die Polizisten, dass am besten alle nach Hause gehen sollten und den Vorfall vergessen. Das war wohl das vernünftigste, dachte auch Tina. „Ich begleite dich"; sagte sie zu Tom, in diesem Moment völlig ohne Hintergedanken. Sie bot es ihm an, weil sie ihn so nicht alleine lassen wollte. Er fasste es richtig auf. „Danke. Wäre unerträglich jetzt alleine zu sein."

Bei ihm angekommen sah sich Tina zu allererst seine Verletzung an. Er hatte ein geschwollenes Auge, ansonsten schien er unversehrt. „Da muss Eis drauf", sagte sie, während sie wie selbstverständlich in die Küche ging. Es fühlte sich gut an etwas Nützliches zu tun, nachdem sie dem Geschehen nur zusehen konnte. „Hier, leg es dir auf die Stelle", sagte sie, von ihrem liebevollen Ton selbst ein wenig überrascht. „Du bist ein Engel…

Danke, dass du hier bist", sagte er, beinahe ebenso liebevoll. „Weißt du, was ich denke?" fragte sie ihn. Er hob die Schultern. „Du bist ein verkannter Held. Das was du heute gemacht hast würden nicht viele tun." „Das ist für mich ganz selbstverständlich. Ich würde es wieder tun, selbst nach dem Schlamassel." Sie war gerührt. „Das ehrt dich, wirklich." „Ach was. Ist Ehrensache", sagte er und lächelte sie cool an. Wäre es nicht längst um sie geschehen, wäre es spätestens in diesem Moment soweit gewesen. Ohne Scheu streichelte sie seine verletzte Wange. „Tut es sehr weh?" „Hm, geht." Ein ganzer Mann, dachte Tina, endlich mal ein ganzer Mann. „Kann ich irgendwas für dich tun?" Ihr Blick verriet Hilflosigkeit, seiner haftete sanft auf ihr. „Du könntest noch einen Absacker mit mir trinken…" Das Angebot schlug sie nicht aus. Sie holte zwei Gläser und eine Flasche Vodka. „Darauf, dass wir diesen Abend trotz allem in guter Erinnerung behalten", prostete er ihr zu. Sie lächelte. Sie tranken.

Der Alkohol entspannte nun auch endlich Tina. Sie lehnte sich zurück und betrachtete Tom träumerisch. „Du kommst nicht von hier, oder?" „Nein, ich bin aus Westaustralien, aber schon seit Jahren hier." „Ich mag deinen Dialekt", sprudelte es aus ihr heraus. „Meinst du, du könntest mir ein wenig erzählen?" Er konnte. Berichtete ihr von seiner Kindheit, seiner Zeit in Perth, seiner Familie und seinen

Freunden. Als er endete, fühlte es sich an als würde sie ihn ewig kennen. „Jetzt bist du dran, erzähl mir von dir..." Sie tat es ihm gleich. Die halbe Nacht war verstrichen als sie fertig war. Es wurde schon langsam hell, da beschlossen sie, sich ein wenig hinzulegen. Er schlug den Arm um sie, wie selbstverständlich. Sie fühlte sich darin geborgen und so sicher wie lange nicht mehr. Sie schliefen ein.

Einige Stunden später erwachte er. Er blieb liegen und betrachtete die noch schlafende Tina. Sie war wunderschön, zart, hatte weiche Züge und tolles Haar. Er mochte sie. Nein, mehr noch, er war vernarrt in sie. Das würde er ihr vielleicht gestehen wenn sie aufwachte, dachte er. Aber vielleicht war das kindisch. Er wollte sie nicht überrumpeln. Sie hatten Zeit. Erst in zwei Wochen würde sie wieder nach Deutschland fliegen. Bis dahin würden sie noch viele Stunden miteinander verbringen, da war er sicher.

Endlich erwachte auch Tina. Das erste was sie sah war Tom, der sie aus einem Auge verliebt anschaute. „Guten Morgen Sonnenschein", flüsterte er. Die Intimität der Situation war unverkennbar. Unschlagbar. „Guten Morgen, Tom", sagte sie und lächelte ihn an. Sie blieben liegen und redeten kein Wort. Sie tauschten lediglich verliebte Blicke und genossen die Anwesenheit des anderen. Irgendwann packte Tom der Mut. Er strich ihr die Haare aus dem Gesicht und kam näher. Die letzen Zentimeter ließ er sie zurücklegen, bis es endlich zum lang ersehnten Kuss kam. „Ich will dich", hauchte er. „Und ich will dich", hauchte sie zurück. Blitzschnell zogen sie sich die Kleidung des Vorabends aus und lagen nun nackt unter der Decke. „Darf ich gucken?" fragte er spitzbübisch. „Aber ich auch", sagte sie. Sie hoben gleichzeitig die Bettdecke an und erhaschten einen Blick voneinander. „Damit kann ich arbeiten"; scherzte er. „Gefällt mir", gestand sie. Sie küssten sich lange und langsam. Seine Hände wanderten noch zögerlich ihren Körper ab. Sie hatte die Erlaubnis nicht ausgesprochen, aber ihr Kuss hatte sie ihm erteilt. Auch ihre Hände machten sich nun auf die Reise. Sie erforschten gegenseitig jeden Winkel ihrer Körper, bis sie unter der Decke zu schwitzen begannen. Die Morgenhitze war beachtlich. Sie schoben die Decke von sich und betrachteten sich im Sonnenlicht. „Du bist wunderschön, Tina." Als Antwort gab sie ihm einen leidenschaftlichen Kuss, der immer intensiver wurde. Es gab kein Halten mehr. Wie in Trance vereinten sie sich bis in den frühen Nachmittag. Als sie endlich erschöpft und schweißgebadet in die Laken fielen, schworen sie sich, sich die nächsten zwei Wochen nicht zu trennen. Es gab so vieles zu erleben und so viele unbesprochene Themen, sie würden alle verfügbare Zeit benötigen. Was danach passieren würde stand in den Sternen. Aber Angela hatte es vorgemacht, eine Auswanderung war kein Ding der Unmöglichkeit.

Tango Argentina

Das Schneegestöber vor ihrem Dachgeschossfenster spiegelte sich nicht in ihrem Inneren wider. Anna saß mit einer Tasse Tee in ihrem Lesesessel, in ein Buch vertieft. Ab und an blickte sie hinaus, erfreute sich an dem reinen Weis, vertiefte sich dann wieder und versank in eine andere Welt. In das Argentinien der 1920er Jahre. Es herrschte wildes Treiben, so wie vor ihrem Fenster. Kostümierte Paare improvisierten im Durcheinander des Stadtgeschehens ihren Tanz des Verlangens. Sie übertrumpften sich mit ausgeklügelten Techniken, schauten ihre Konkurrenz aus dem Augenwinkel an, dann wieder lasziv an ihnen vorbei. Sie schmiegten sich aneinander, stoßen sich ab, drehten sich kontrolliert, ließen das innere Feuer aus ihren Augen flackern. Cafebesucher beobachteten sie, klatschten und saßen gebannt auf ihren Sitzen, während der Rhythmus der Musik sie innerlich zum Kochen brachte. Anna legte eine Pause ein, Bilder zeichneten sich vor ihrem geistigen Auge ab. Ihr war warm geworden. Sie zog sich ihre Jacke über, ging die Treppen bis zum Kellergeschoss herunter und fand sich auf der Straße wieder. Diese war menschenleer, so früh am Morgen. Sie atmete die kalte Luft. Ihre Körpertemperatur passte sich an die Verhältnisse an. Das

Gehen tat ihr gut, sie hatte die ganze Nacht durchgelesen, so sehr faszinierte sie die Lektüre.

Es war ein unifreier Tag, sie hatte nichts geplant, ließ sich treiben. Die Sorgen der letzten Monate waren wie ausgelöscht. Sie hatte keinen Liebeskummer mehr, keinen Stress auf der Arbeit, denn sie hatte gekündigt und einen neuen, besseren Job als Kellnerin gefunden. Und sie war mit sich zufrieden. Endlich, nach langen Jahren der Suche hatte sie sich selbst gefunden – ihre innere Mitte.

Am Nachmittag war sie mit einer Freundin in einem Café verabredet. Sie freute sich, ein bekanntes Gesicht zu sehen. Es war eine enge Freundin, mit der es immer viel zu besprechen gab; doch heute konnte sie es kaum erwarten zu ihrem Buch zurück zu kehren. Es hatte sie komplett in den Bann gezogen. Sie berichtete Alex davon und wurde bald entschuldigt. „Mach doch mal nen Tanzkurs", schlug sie noch vor, bevor sie sich verabschiedeten. „Guter Gedanke, aber mit wem?" gab Anna zurück. „Hm, mit Paul?" Paul war ein guter Bekannter aus dem Studium, der deutliches Interesse an Anna zeigte. Doch das beruhte nicht auf Gegenseitigkeit. Er war nett, aber einfach nicht ihr Typ. Zu unsicher, zu ungeschickt. „Ich glaube nicht, dass er beim Tanzen eine gute Figur machen würde."

Beide mussten lachen. „Obwohl seine Tollpatschigkeit mega süß ist", merkte Alex an. „Naja, wie man's nimmt." Bei Anna war er damit an der falschen Adresse. „Aber ich glaube, man kann sich auch alleine anmelden. Vielleicht gibt es ja ein paar Single-Männer, die das gleiche Problem haben. Oder auf Frauenfang sind." Alex wusste alles was es über Männer zu wissen gab. Soweit eine Frau Einblick haben konnte. „Ich werde es machen! Ich hab total Lust bekommen!" Anna würde ungewollte Anmachen schon verkraften. Auch wenn sie zu nett war, um sie im Keim zu ersticken.

Wieder zu Hause schmökerte sie weiter. Die Männer und Frauen tanzten sich und die Zuschauer in Ekstase. Einen Zustand, den sie unbedingt erleben wollte. Sie sehnte sich nach einer Leidenschaft, die sie noch nicht kannte. Ja, sie war noch Jungfrau, mit 22. Doch das war ok. Sie war ein Spätzünder gewesen und wollte auf den richtigen warten. Obwohl es so langsam Zeit für sie wurde. Sie konnte nicht mitreden.

Natürlich hatte sie schon erotische Erfahrungen gesammelt, aber bis zum Äußersten war es nie gekommen. Die Erlebnisse waren nicht berauschend gewesen, so dass sie sie nicht unbedingt wiederholen wollte. Vielleicht war einfach noch nicht der Richtige dabei gewesen. Die Männer waren ebenso jung und unerfahren gewesen wie sie selbst, möglicherweise war das der Grund. Sie hatte noch niemanden gefunden, der richtig auf sie und ihre Bedürfnisse eingegangen war. Manche mochten sie frigide nennen, sie nannte sich anspruchsvoll. Und ihre engen Freunde verstanden das. Andere brauchten es nicht zu erfahren. Doch wenn sie ehrlich war, war es ihr inzwischen ein wenig peinlich, auch vor ihren Freundinnen.

So sehr sie die Leidenschaft in ihrem wahren Leben noch ausklammerte, so unheimlich gerne las sie erotische Geschichten. Vielleicht, um zu lernen. Oder um zu wissen, was eines Tages auf sie zukommen würde. Möglicherweise auch, um das zu kompensieren was ihr fehlte. Nun war es an der Zeit dies zu ändern. Kurzentschlossen fuhr sie ihren Computer hoch, loggte sich ein und sah sich die Seiten der Tanzschulen der Stadt an. Die meisten Kurse hatten schon begonnen, oder es bestand Paarpflicht. Es schien ausweglos, zumindest vorerst. Sie würde sich gedulden müssen. Doch hatte sie das nicht schon viel zu lange getan? Sie beantwortete diese Frage mit einem eindeutigen Ja. Beim Stöbern stieß sie auf eine Anzeige: Tango in Argentinien. Zweiwöchige Reise für eine Person, inklusive Einzelkurs bei einem Profi. Sie würde ihr Konto überziehen müssen um sich dies leisten zu können. War es das wirklich wert? Sie würde eine Nacht darüber schlafen, beschloss sie. Am nächsten Morgen würde sie wissen was zu tun war. So war es immer gewesen.

Als sie die Augen aufschlug spukte noch der Traum der letzten Nacht in ihren Gedanken umher. Sie war dort gewesen, in Buenos Aires und es war wunderbar gewesen. Sie wollte nicht mehr länger träumen, sie wollte alles erleben – die Magie, die Leidenschaft, den Rhythmus Südamerikas. Sie buchte.

Das Flugzeug landete in strahlendem Sonnenschein. Der Ausblick von Bord war herrlich. Schon im Flugzeug war Urlaubsstimmung aufgekommen, durch die Filme über das Land, die die Fluggesellschaft abspielte. Geduldig wartete sie auf den Ausstieg, begab sich in den Bus zum Terminal, um dann endlich in die Sonne zu treten und das Land ihrer Träume zu erkunden.

Noch am selben Abend, Jetleg und lange Reise hin oder her, machte sie sich auf ins Zentrum und sog die Atmosphäre in sich auf. Hier war sie richtig. Hier konnte sie sich entspannen. Hier wollte sie die Welt der Leidenschaft erkunden.

Der nächste Tag begann zeitig, sie war früh wach. Der Kurs würde erst am Nachmittag stattfinden, daher begab sie sich zum Strand, um das Lebensgefühl der Leute weiter kennen zu lernen. Die Menschen hier waren wunderschön. Konnte sie da mithalten? fragte sie sich. Sie entschied, dass sie konnte und dachte an die bevorstehende Herausforderung. Eignete sie sich zum Tango? Körperbeherrschung kannte sie vom Balett, aber würde sie diesen schwierigen Tanz meistern? In nur zwei Wochen? Oder würde sie sich blamieren? War sie möglicherweise nicht leidenschaftlich genug? Nun, sie würde es herausfinden, aber ein wenig nervös war sie allemal.

Der Nachmittag kam. Vor Aufregung konnte sie nichts essen, was schade war, denn sie war an zahlreichen Restaurants und Cafés vorbeigelaufen, hatte glückliche Menschen gesehen, die es sich gut gehen ließen. Sie selbst war zu angespannt gewesen. Aber das würde sie nachholen. Sie erblickte das Schild der Tanzschule, klingelte und es wurde gebuzzert. Nun wurde es ernst. Wenn sie aufgeregt war redete sie viel, aber ihr Spanisch war nicht gut genug, was in diesem Falle gut war. Ein nicht sehr großer, dunkelhaariger, gebräunter, Anfang 20-Jähriger öffnete ihr. Sie sprachen Englisch.

„Hi, ich bin Aldo. Schön, dich kennen zu lernen." Anna sah in seine Augen, die dunkelbraun funkelten. Er war nicht wirklich ihr Typ – zu dünn, zu klein – wirkte aber nett. „Anna, freut mich auch." Er machte ihr Platz. „Komm rein, wir trinken erstmal einen Tee, zum kennen lernen." Anna war erleichtert – es würde also nicht gleich zur Sache gehen. „Woher kommst du?" fragte Aldo. „Aus Potsdam, bei Berlin,." „Ah, Berlin, coole Stadt, oder?" „Ja." „Aber es gibt keine Tangokurse", sagte er mit einem Augenzwinkern. „Nicht auf die Schnelle, im Winter, nein." „Mein Glück, so bist du hier und ich kann dir alles zeigen. In Argentina lernt er sich eh am besten!" „Das glaube ich auch. Wie lange tanzt du schon?" „Ah, schon seit ich laufen kann. Aber professionell erst seit 11 Jahren." Anna war froh, sie war an jemanden erfahrenes geraten. Sie plauderten noch eine Weile, dann wurde es ernst. Aldo bat zum Tanz. „Es ist eigentlich gar nicht so schwer. Man improvisiert. Worauf es ankommt ist die Haltung, das Taktgefühl und der Blick in die Augen." Er zeigte ihr ein Video von einem Tanzwettbewerb. Die Paare tanzten entgegen des Uhrzeigersinns. „So bleiben alle in Bewegung", erklärte er. „Darauf kommt es an, ständig bewegen. Ausruhen können wir später." Sie verstand. „Also, darf ich bitten?" Er durfte. Sie tanzten die Schritte wie in Zeitlupe, damit Anna sich eingewöhnen konnte. „Du musst mich einfach führen lassen – mach es mir nach." Anna hatte noch nie Paartanz betrieben, von jemandem geführt zu werden war ungewohnt. Sie stolperte oft über ihre eigenen Beine. Doch Aldo ermutigte sie im Nachhinein. „Du machst das schon ganz gut. Dafür, dass es das erste Mal war eigentlich ziemlich gut." Anna musste lachen. „Was ist so komisch?" „Ich war grottenschlecht, aber danke, du bist sehr lieb." Er lächelte. „Wir haben noch genug Zeit. Am Ende kannst du es!" Er war sich sicher, sie zweifelte.

„Bis morgen!" Sie verabschiedeten sich mit Küsschen links, Küsschen rechts. Anna war so geschafft, dass sie direkt ins Hotel ging und einschlief.

Von nun an war sie täglich bei Aldo. Und er hatte recht behalten, sie wurde besser. „Bald machen wir bei einem Wettbewerb mit!" scherzte er. „Niemals!" lachte sie. Aber es machte ihr riesigen Spaß. Oft verbrachten sie nach den drei Stunden Training den restlichen Abend miteinander und plauderten. Zwei Mal waren sie schon essen gewesen und danach in einer Bar. Anna hatte eine tolle Zeit, sie lebte wie eine Einheimische. Aldo machte ihren Urlaub unvergesslich.

Die Zeit verging wie im Flug, der letzte Abend war gekommen. Als sie tanzten machte Aldo eine Bemerkung. „Du bist schon gut, aber eine Sache hast du immer noch nicht gelernt – mir in die Augen zu schauen." Sie musste ihm recht geben. Es war ihr zu intim gewesen, sie hatte es sich nicht getraut. Beim Reden natürlich, aber nicht beim Tanzen. „Das üben wir heute", sagte er. Sie gab sich alle Mühe. Sie mochte ihn, warum fiel ihr das so schwer? Immer wieder sagte Aldo „Augen" und sah sie verführerisch an. Sein leidenschaftlicher Blick, den er nur beim Tanzen anwandte, ging ihr durch Mark und Bein. Ihre Körper bewegten sich schwungvoll, rhythmisch. Ihre Gedanken waren nicht mehr bei der Sache. „Ok, wir machen eine kleine Pause", sagte er. „Nein, tut mir leid. Lass uns weitermachen, bitte." Sie wollte keine Pause. Sie merkte, was sie wollte – Aldo. Ihr Blick haftete auf ihm, sie ließ sich nicht mehr beirren. Sie bewegten sich, schauten sich in die Augen, ihre Körper berührten sich. Sie stoppte. Er stoppte. Sie sahen sich tief in die Augen. Er biss sich auf die Unterlippe, dann küsste er sie – leidenschaftlich, südamerikanisch. Ihr zog es fast die Schuhe aus, so gut war er. Sie passte sich ihm an. So erreichten sie schnell einen harmonischen Rhythmus. Er löste sich von ihr, nahm sie auf den Arm, trug sie nach nebenan und warf sie auf sein Bett. Stürmisch machte er sich über sie her.

Drückte alle Knöpfe gleichzeitig, zumindest kam es ihr so vor. Sie war high, er durfte alles mit ihr machen. Erneut hob er sie auf und trug sie zurück ins Studio. „Ich will uns sehen, während wir es tun", hauchte er. Die verspiegelten Wände machten dies möglich. Ihr war es egal, solange er nur nicht aufhörte.

Er nahm sie von hinten, von vorne, im Stehen, im Liegen und bog sie sich so zurecht, wie er sie wollte. Als sie kurz vorm Höhepunkt stand ließ er sie das Tempo vorgeben. Sie war so erregt, dass sie alle Scheu verlor. Sie setzte sich auf ihn und ritt ihn auf dem Studioboden bis sie kam. Erst dann ließ er es geschehen.

Das war es also gewesen, von dem alle Welt erzählte, von dem sie gelesen hatte in unzähligen Büchern. Endlich hatte sie es selbst erlebt. Und es war unbeschreiblich. Sie fand einfach keine Worte dafür. So liebten sie sich den Rest der Nacht, bis beide vor Erschöpfung einschliefen.

Nach einem ausgiebigen Frühstück brachte Aldo sie am Morgen zum Flughafen. Der Abschied nahte. Sie küssten sich ein letztes Mal, atmeten durch, dann musste sie zum Boarding. Aber es war ok. Sie hatten Leidenschaft gelebt, doch wussten beide stets, dass dieses Vergnügen nicht von Dauer sein würde. Sie würden Kontakt halten, das versprachen sie sich, aber eine Fernbeziehung kam für beide nicht in Frage. Sie hatte Spaß gehabt und es hatte ihr gut getan. Endlich war sie eine richtige Frau. Aldo hatte das Feuer ihrer Leidenschaft erweckt. Ein anderer würde es nun schüren müssen.

Die erotischste Stimme New Yorks

Paula war soeben von einem Trip an den Broadway in die Jugendherberge zurückgekehrt und wollte sich in der Küche nur schnell einen Snack machen, als sie mitbekam, dass im Aufenthaltsraum etwas los war. Der Aushang mit dem Schriftzug Comedy Show fiel ihr ins Auge. Das war jetzt genau das richtige, dachte sie – den Abend mit Humor ausklingen lassen. Sie lief an der Bühne vorbei in den Zuschauerraum, direkt auf ihn zu. Sie spürte seine Blicke auf ihrem Körper, ahnte seine Nähe und stellte sich neben ihn, in die hinterste Reihe, um diese auch zu spüren. Magische Anziehung lag in der Luft. Sie sahen sich und wussten, dass es passieren würde.

Sie konnte sich kaum noch auf den Beinen halten, der Tag war erschöpfend gewesen. Es gab noch einen freien Stuhl, den sie im Auge hatte, doch sie wollte nicht von seiner Seite weichen, bis er ihr in Ohr hauchte: „Setz dich." Er sagte es mit der erotischsten Stimme die sie je vernommen hatte. Sie konnte sich seinen Worten nicht widersetzen und nahm Platz. Sie traute sich kaum ihn anzuschauen, so benommen war sie von den knappen Worten, doch dann wandte sie den Kopf. Er lächelte zufrieden. Plötzlich Applaus, er setzt sich in Bewegung und steht mit einem mal auf der Bühne.

Er war also eines der jungen Talente, die hier ihre Gags testeten. Sie war beeindruckt, doch noch hatte er sie nicht zum Lachen gebracht. Aber dies holte er schnell auf. Schon der erste Gag war so witzig, dass sie laut auflachte. Er nahm sich selbst auf die Schippe. Das war wahre Kunst. Er hatte es drauf! Sie war begeistert. Während seines gesamten Auftritts schaute er nur sie an. Lachte sie, schaute er zufrieden. Und das tat sie, aus voller Kehle.

Nachdem seine zehn Minuten rum waren, verschwand er. Was tun? fragte sie sich. Sing ging nach draußen, dort war er nicht. Sie ging wieder hinein, er war immer noch nicht aufgetaucht. Was für ein Spiel spielte er? Hatte sie sich das alles nur eingebildet?

Den Rest ihres Urlaubs verbrachte sie in den Cafés und Kunstgalerien Chelseas. Sie lernte viele interessante Menschen kennen – die meisten unter ihnen Künstler – und war sehr bemüht, sich den erotischen Moment aus dem Kopf zu schlagen, doch es gelang ihr nicht. Er hieß Ross soundso, mehr wusste sie nicht über ihn, was nicht viel war. Aber diese Stimme konnte sie nicht vergessen.

Der Dienstag war gekommen, es würde wieder eine Comedy Show stattfinden – die letzte, die sie in ihrem Urlaub sehen konnte. Geduldig wartete sie den Tag über am Hudson bis es endlich soweit war und hoffte, er würde auftauchen. Am Abend war sie früh in der Herberge, um sich einen Platz in der ersten Reihe zu sichern. Dann war es endlich soweit. Die ersten Acts waren so lala. Dann kam tatsächlich Ross auf die Bühne. Er sah sie und lächelte. Sie hatte es sich nicht eingebildet.

Sein Repertoire war ein anderes als beim letzten Mal, aber ebenso lustig. Wieder vergewisserte er sich, dass sie Spaß hatte, wieder wurde applaudiert und wieder verschwand er am Ende. Doch dieses Mal würde sie ihn nicht so einfach ziehen lassen, stand auf und heftete sich an seine Fersen. Er ging hinaus in den Hof um zu rauchen. Sie gesellte sich zu ihm. „Ich bin kein Groupie", sagte sie etwas beschämt. „Schade", entgegnete er. Sie lachten verlegen. „Cooler Auftritt!"; lobte sie ihn. „Danke, hat mir auch Spaß gemacht." Das hat man gemerkt, dachte sie. Nun schienen alle Gesprächsthemen erledigt. Sie schwiegen, aber es fühlte sich nicht seltsam an. Sie tauschten Blicke, die mehr sagten als alle Worte.

Als er aufgeraucht hatte, nahm er ihre Hand. „Wo ist dein Zimmer?" wollte er wissen. Sie übernahm nun die Führung und geleitete sie beide in ihr kleines Einzelzimmer. Sie setzten sich aufs Bett und begannen, sich zu küssen. Geht mir das zu schnell? fragte sie sich. Doch die Antwort lautete Nein. Es fühlte sich gut und richtig an. Wenn er so liebt, wie er küsst, wird das eine umwerfende Nacht, dachte sie nur noch. Immer wieder hauchte er ihr ins Ohr wie schön sie sei, während er ihr das Kleid auszog – mit dieser Stimme, die sie unsagbar antörnte. Paula legte sich in aufreizender Pose auf ihr Bett, während sie ihn dabei beobachtete wie auch er sich auszog. „Komm her", hauchte nun auch sie. Sie konnte es nicht mehr erwarten ihn zu spüren. Er legte sich daneben und schlag seine Arme um sie. Dabei flüsterte ihr immer wieder zärtlich ins Ohr. Es war fast egal was er sagte, Hauptsache er sprach – mit dieser unwiderstehlichen Stimme. Immer wieder küssten sie sich. Ihr Atmen wurde schwerer, im Gleichklang stoßen sie hörbar Luft aus, als er sie von hinten nahm, bis ihre Körper explodierten.

Ihr Orgasmus durchfuhr ihren ganzen Körper mit einem unbeschreiblichen Kribbeln. So intensiv hatte sie es noch nicht erlebt. Sie gab ihm als Dank einen langen Kuss. „Bist du auch auf deine Kosten gekommen?" fragte sie ihn. „Oh ja", gab er zurück. Wäre sie nicht so befriedigt, hätte seine Stimme sie erneut auf Touren gebracht. Doch der Akt hatte sie mehr als zufrieden gestellt. Zum Einschlafen waren beide zu aufgedreht – er durch seinen Auftritt, sie durch seine Anwesenheit, also unterhielten sie sich endlich. Darüber, woher sie kamen, was sie machten, was sie liebten und nicht mochten. Sie hatten viele Gemeinsamkeiten und es fühlte sich an, als kannten sie sich schon ewig. Dann machte er ihr ein Geständnis, von dem sie nichts ahnen konnte. „Ich bin vergeben."

Sie wusste nicht, ob sie lachen oder weinen sollte. Sie hörte sich sprechen. „Ernsthaft? Was machen wir dann hier?" „Meine Freundin und ich führen eine offene Beziehung." Wie er *meine Freundin* sagte störte sie enorm. Sie wollte ihn nicht von ihr reden hören. Und was war das überhaupt, eine offene Beziehung? Wie geht sowas? Für sich selbst konnte sie sich das nicht vorstellen. Er setzte erneut an. „Wir sind schon lange zusammen und lieben uns sehr, aber wir lieben auch die Abwechslung." Sie hatte genug gehört und warf ihn kurzerhand vor die Tür. Natürlich hatten sie mit der Distanz die bald wieder zwischen ihnen liegen würde keine Zukunft. Aber das Hier und Jetzt konnte sie nicht genießen, wenn ihm eine andere im Nacken saß, zu der er nach Hause zurückkehren würde. Von nun an sah sie nur diese Frau vor sich – wie sie wohl aussah, bestimmt wunderschön, wie sie war, bestimmt toll. Aber passten sie wirklich zusammen? Oder war diese offene Beziehung nur der Anfang vom Ende?

Sie hatte genug für diesen Tag und legte sich schlafen. In das Bett in dem sie sich mit ihm vereint hatte. Ihr Schlaf war unruhig und traumlos, aber wenigstens schlief sie. Mitten in der Nacht klopfte es an ihrer Tür. Benommen wie sie war stand sie auf und öffnete zögerlich. Es war Ross, regendurchnässt und mit bedröppeltem Gesichtsausdruck. „Darf ich bitte reinkommen?" fragte er, mit einem Nein rechnend. Sein Anblick machte sie schwach, auch wenn sie sich dafür verfluchte. Sie ließ ihn eintreten, gab ihm ihr Handtuch und sah dabei zu, wie er sich aus der nassen Jacke befreite und sein Haar trocknete. „Es hat erst unterwegs angefangen", sagte er, in der Hoffnung, mit Smalltalk weiter zu kommen. Paula nickte nur. „Was machst du hier?" kam sie direkt zur Sache. „Ich habe mich wie ein Idiot benommen. Dir nachdem wir uns geliebt haben von ihr zu erzählen war dumm. Ich hatte es vorher tun sollen oder gar nicht."

Sie pflichtete ihm bei. „Am liebsten gar nicht" sagte sie enttäuscht. In der sanftesten aller Stimmen sagte er „Ich möchte nur, dass du weißt, dass du für mich nicht nur irgendeine schnelle Nummer bist. Ich mag dich wirklich." Die Worte wirkten, aber sie behielt ihren Schutzwall aufrecht. „Und was stellst du dir vor?" „Ich weiß es nicht. Ich weiß nur, dass ich dich wiedersehen musste." Nathalie atmete hörbar. Auch sie wollte ihn sehen, aber nicht so. „Würdest du sie verlassen?" Er schwieg, dann: „Ich weiß es nicht." Immerhin kein Nein, dachte Paula. Aber wollte sie wirklich eine Beziehung zerstören? Konnte sie einer anderen Frau den Mann wegnehmen? Ihre Freundin Gemma würde sagen: „Wenn er sich wegnehmen lässt?" Aber sie war nicht wirklich davon überzeugt. Allerdings war es von ihm ausgegangen. Er hatte ihre Hand genommen... Aber was, wenn sie zusammen kämen und er auch mit ihr eine offene Beziehung führen wollte? Das wäre nicht ihr Ding, bei aller Liebe. Und entgegen Gemmas Meinung war sie nicht der Typ, der ein Paar auseinander bringt. Plötzlich sagte er „Nein, das würde ich nicht." Nathalies Puls wurde langsamer, sie fühlte sich mies. „Ok, dann danke und ein schönes Leben noch" platze es aus ihr heraus. So schnell ließ Ross sich aber nicht verabschieden. „Ich möchte, dass du weißt, dass das für mich etwas Besonderes war. Die anderen

Frauen... Das war nur Sex. Aber mit dir... Das war mehr." Paula wollte es nicht, doch sie fühlte sich plötzlich ein wenig besser in seiner Gegenwart. Sie konnte ihn wieder anschauen. „Darf ich diese Nacht bleiben?" Sie wusste es nicht. „Dann können wir uns verabschieden", blieb er hartnäckig. Er streichelte ihren nackten Arm und gab ihr einen Kuss. Sie wollte widerstehen, doch das unglaubliche Gefühl brachte sie dazu, sich treiben zu lassen.

Sie liebten sich ein weiteres Mal und schliefen Arm in Arm ein.

Mittags erwachten sie vom lauten Treiben im Gang. Sie schauten sich an. Der Zauber war verflogen, die Reue war eingekehrt. Sie duschten getrennt, dann lud er sie von seiner Gage zum Frühstück ein. Sie aßen schweigend. Keiner der beiden hatte Appetit, aber den brauchte man nicht immer zum Essen. Sie aßen aus Frust – über die Situation, über die Fügung, dass sie in verschiedenen Ländern wohnten und er vergeben war.

Die Abschiedsstimmung ließ sie wehmütig werden. Sie verabschiedeten sich mit einem langen, sehnsüchtigen Kuss, dann trennten sich ihre Wege. „Finde mich auf Facebook, wenn du Single bist", sagte sie noch. Doch er hatte es nicht mehr gehört.

Ich kann nicht

Eine dicke Staubschicht hatte sich auf dem Piano gebildet. Sie hatte seit Wochen nicht gespielt – seit er sich in einer Nacht und Nebel-Aktion, nach einem Konzertbesuch, von ihr trennte. Sie hatte sich noch gewundert, weshalb er ihre Küsse nicht erwiderte, wollte ihn schon darauf ansprechen, dann wurde es ihr klar. Auf dem Nachhauseweg, bei einem ungeplanten Spaziergang, gestand er ihr, was in ihm vorging. Er hatte sich übernommen, mit der Beziehung und der Arbeit. Er schaffe es nicht, beides zu verbinden. So wie es jetzt lief, war er weder mit sich als Angestelltem noch mit sich als Freund zufrieden.

Sie verstand und doch wieder nicht. Es klang ein wenig nach Vorwand, doch diesen Gedanken behielt sie für sich. „Bist du sicher?" hatte sie ihn gefragt. Er wollte es sich nicht noch einmal überlegen. Sein Entschluss stand fest.

Es traf sie hart. Sie waren beinahe ein Jahr zusammen und sich sehr nahe gewesen. Bis zu jenem Abend. Sie vermisste alles an ihm, selbst die Macken und die Streits. Sie vermisste seine Nähe. So sehr, dass es kaum auszuhalten war. Es war, als hätte ihr jemand ein Körperteil amputiert. Sie wusste nicht, wie sie weitermachen sollte ohne ihn, fühlte sich unendlich allein. Natürlich hatte sie Freunde, aber diese Lücke konnte niemand füllen. Niemand hielt sie nachts im Arm. Niemand beruhigte sie, wenn sie sich über etwas aufregte, vor etwas Angst hatte. Niemand war da, wenn sie heimlich weinte.

Sie konnte ihn einfach nicht vergessen. Alles in ihrer Wohnung erinnerte sie an ihn, an gemeinsam erlebtes. Eben noch heiße Liebe und im nächsten Moment einfach Schluss. Dazu kam, dass sie sich nie zuvor so eng mit jemandem eingelassen hatte. Er war nicht ihr erster Freund gewesen, aber der erste zu dem sie die gewissen drei Worte gesagt hatte. Und sie waren nicht dahingesagt gewesen, sie waren tief empfunden. Beinahe zu tief. Jetzt wusste sie nichts mit dieser Liebe anzufangen. Sie stand im leeren Raum, schwebte dahin, fraß sie von innen her auf. Fraß sich durch ihren Körper wie ein bösartiges Geschwür. Hinterließ eine leere Hülle.

Sie musste etwas mit sich anfangen, es war nicht auszuhalten. Da bekam sie einen Anruf. Rettung in letzter Sekunde, dachte sie und nahm ab. Es war Sören, ein Bekannter. Er wusste nichts von ihrem Dilemma, bisher. Doch auf seine Frage, wie es ihr ginge, antwortete sie wahrheitsgemäß. „Komm vorbei", sagte er sofort. Sie willigte ein. Sie konnte jetzt nicht alleine sein, sonst würde sie auf dumme Gedanken kommen. So fuhr sie ans andere Ende der Stadt, zu ihm nach Hause.

Während der Bahnfahrt konnte sie ihre Tränen kaum zurückhalten. Die anderen Fahrgäste beäugten sie, doch die Blicke waren ihr egal. Sie genierte sich nicht, dafür ging es ihr viel zu schlecht.

Das Haus musste sie suchen, sie war noch nie zuvor hier gewesen. Es lag etwas abgelegen, gegenüber einem weiten Feld. Endlich fand sie es und er ließ sie herein. Er hatte für sie gedeckt – Wein und Schokopudding. Sie war gerührt. Dazu lief im Fernsehen eine Comedy Show. „Ablenkung", sagte er. Sie dankte ihm mit einem Kuss auf die Wange. „Aber mir ist nicht nach Essen oder Wein..." Er sah sie ratlos an. „Wonach ist dir?" Sie atmete aus. „Nach Kuscheln." Es war ein wenig seltsam für sie, diesen Wunsch ihm gegenüber zu äußern, aber er hatte damit kein Problem. „Na komm", lud er sie ein, legte sich aufs Sofa und klopfte auf den Platz neben sich. Sie folgte ihm, schmiegte sich, erst zögerlich, dann ganz selbstverständlich an ihn, schloss die Augen und stellte sich vor er wäre Stefan. Sie fühlte sich wieder ein wenig lebendiger. Körpernähe hatte sie am meisten vermisst.

Sören roch anders als er. Eine Mischung aus Aftershave, Hugo Boss und Schweiß. Das war das einzige Manko. Sonst war alles perfekt. Sie fühlte sich bei ihm zu Hause. Konnte sich fallen lassen, denn in ihrer Vorstellung war er Stefan und alles war gut. Bis er zu sprechen begann. Über dies und das, belangloses.

„Ist es ok, wenn wir nicht reden?" wand sie ein. „Ok", gab er zurück. Er verstand. So lagen sie, bis sie einschlief.

Zwei Stunden später erwachte sie aus einem traumlosen, erholsamen Schlaf. Er lag noch immer neben ihr, sie noch immer in seinen Armen. „Wie spät ist es?" Er sah auf die Uhr. „Mitternacht." „Oh, ein ziemlich langweiliger Abend für dich, das tut mir leid." „Ach was, ich hatte doch Dieter Nuhr", er zeigte auf den Fernseher und lächelte. „Geht es dir besser?" Sie bejahte. „Soll ich dich ein wenig massieren?" Das Angebot konnte sie nur schwer ablehnen. Er ging ins Bad um Massageöl zu holen und sie sah, wie er grinste. Nein nein, dachte sie sofort, so ein Abend wird das nicht.

Als er zurückkam hatte sie dennoch ihr Oberteil ausgezogen, aber den BH anbehalten. „Ohne den geht es besser", kommentierte er. Sie einigten sich darauf, dass er die Träger zur Seite streifen durfte. Er massierte voller Inbrunst, als würde er täglich üben. Sie spürte ihren Körper unter seinen Händen und hatte dennoch das Gefühl zu schweben. „Das ist so gut", schwärmte sie. Er lächelte nur. Als er all ihre Muskeln gelockert hatte, fragte er: „Jetzt wieder kuscheln?" Er wusste, wie man einen perfekten Abend gestaltete. „Ja"; sagte sie völlig entspannt und schmiegte sich an ihn. Dabei vergaß sie, dass sie kein Oberteil anhatte und bemerkte nicht, dass die Stellung Sören fast freien Blick auf ihre üppige Oberweite ermöglichte. Er war ein Gentleman, aber eben auch ein Mann. Er war erregt. Sie bekam es nicht mit.

„Darf ich sie ganz sehen?" fragte er, mit Blick auf ihren Busen. Reflexartig deckte sie sich zu. „Hey!", sagte sie überrascht und musste vor Verlegenheit lachen. Er setzte seinen Hundeblick ein, sie zögerte, aber konnte am Ende nicht widerstehen. „Ok, aber nur gucken, nicht anfassen." Sie war sich des Risikos bewusst, doch sie wollte ihn nicht komplett abblitzen lassen. Er war so lieb gewesen. So zog sie ihren BH aus und setzte sich vor ihn. Er verstand es als Einladung. „Sie sind wunderschön", sagte er und küsste sie vorsichtig. Sie versuchte, den etwas zu sanften Kuss zu erwidern. Aber sie fühlte nichts. Seine Lippen waren zu weich, seine Zunge zu nass, redete sie sich ein, das Hauptproblem leugnend: Er war einfach nicht Stefan. „Ich kann das nicht", sagte sie und wand sich von ihm ab, nach ihrem Oberteil suchend. „Ich habe es versteckt", sagte er schelmisch, als hätte er ihre Worte nicht gehört. „Gib es mir bitte", sagte sie verzweifelt. „Ok, tut mir leid." Er reichte ihr ihre Kleidung. „Hier mein Vorschlag: Ich gehe kalt duschen und dann kuscheln wir noch ein wenig. Wenn du möchtest kannst du auch hier schlafen…" Das erste Angebot nahm sie gerne an, das zweite würde sie jedoch besser ausschlagen.

Sie legten sich erneut aufs Sofa und kuschelten sich aneinander. „Sorry noch mal", sagte er. „Ist schon gut", entgegnete sie.

Nachdem sie eine Weile so lagen begann er, ihre Haut zu streicheln. Es fühlte sich gut an. Er berührte sie sanft, wie ein Lufthauch. Langsam glitt er hinunter zu ihrem Po. Sie klopfte ihm auf die Finger. Er konzentrierte sich darauf, keinen Ständer zu bekommen. Vergebens. „Ich sollte besser gehen", sagte sie als Reaktion darauf. „Danke für den wunderschönen Abend. Das habe ich gebraucht. Tut mir leid, dass du ganz leer ausgehst." Sie war im

Begriff aufzustehen. Er machte ein tapferes Gesicht, aber war enttäuscht.

Er hatte nicht viel zu verlieren und wagte sich weiter vor. „Kannst du ihn nicht wenigstens kurz anfassen?" Oje, dachte sie. Sie wollte nicht, alles lieber als das. Sie fühlte sich nicht sexuell zu ihm hingezogen, sie liebte einen anderen. Sie wollte nicht mit ihm schlafen, es würde die Freundschaft zerstören. Kuscheln war alles was sie wollte. Und es war so ein schöner Abend gewesen. Warum hatte er diese Frage gestellt? Sie war nicht der Typ für sowas, sie würde sich schmutzig fühlen, beinahe wie eine Prostituierte. Aber sie fühlte sich in seiner Schuld. Er war auf sie eingegangen, ganz liebevoll und fürsorglich. Dass er dafür eine Gegenleistung bekommen sollte war nur fair. Es würde niemand mitbekommen, wenn sie sich dafür hergab. Nur sie selbst musste es mit sich vereinbaren. Sie beschloss, dass sie später urteilen würde und tat ihm den Gefallen. Augen zu und durch. Sie berührte sein halb steifes Glied. Er schloss die Augen und raunte „Ahh". Es fühlte sich falsch an. Doch sie wollte es ihm zuliebe zuende bringen. Er hatte sie aufgefangen, an einem Abend, an dem alles hätte vorbei sein können. Er hatte es geschafft, dass sie sich besser fühlte. Sie wollte ihm etwas zurückgeben. Doch das falsche Gefühl ließ sich nicht abstellen. „Ich kann nicht", sagte sie nun. Sie musste es wiederholen, bis er verstand, denn er war in dem Moment gekommen. Sie schauten sich an. Alles war anders. Er war nicht mehr der liebe Bekannte, sie hatten Sex gehabt, aus Schuldgefühl und Dankbarkeit, aber gegen ihren Willen. Das gute Gefühl vom Vorabend war getrübt. Er merkte es ihr an und wurde nervös. „Es tut mir so leid. Aber das Kuscheln, die Nähe... Ich konnte nicht widerstehen." Auch er hatte Bedürfnisse, das war ihr klar. Aber dass er sie mit ihrer Hilfe befriedigen musste fand sie noch immer nicht gut. Allerdings hatte auch sie ihn ein wenig ausgenutzt. So waren sie wohl quitt. „Ich sollte gehen", sagte sie und fuhr sich durch die Haare. Er tat es ihr gleich, aus Verlegenheit. „Wollen wir nicht noch den Wein trinken und das einfach vergessen? Es wird nie wieder vorkommen, das verspreche ich dir!" Sie hätte viel früher den Absprung finden müssen, aber jetzt war es auch egal. In ihre Wohnung wollte sie so nicht zurück, also willigte sie ein. Auch wenn sie Probleme hatte, ihm in die Augen zu sehen.

Sie tranken, er redete – von seinem Liebeskummer, der ihn schon seit Monaten plagte. Sie hatte davon nichts gewusst. „Ich bin in einem Loch, genau wie du", schüttete er sein Herz aus. „Und ich bin froh über jedes bisschen Liebe, jede Berührung die ich bekommen kann…" Er hatte Tränen in den Augen. Sie verstand und nahm ihn in den Arm. „Scheiß Liebe", sagten sie beinahe gleichzeitig. Sie lachten. Es war befreiend. „Der Abend mit dir hat mir sehr gut getan", gestand er ihr. „Mir auch…" Sie überlegte. „Aber es darf sich nicht wiederholen, es ist einfach nicht richtig." Er stimmte ihr zu. Sie hatten sich Liebe und Geborgenheit erschlichen. Auch wenn es sich für den Moment gut anfühlte, so brauchten sie unterschied-liche Dinge voneinander. Dinge, die sie nicht bereit war ihm zu geben. „Ich sollte jetzt wirklich fahren", sagte sie, nachdem sie ausgetrunken hatte. „Ja, es ist spät, ich rufe dir ein Taxi."

Er begleitete sie auf die Straße und stellte sicher, dass sie wohlbehütet im Taxi ankam. Sie verabschiedeten sich mit einem „Bis bald". Auf der Heimfahrt ließ sie den Abend revü passieren. Sie fühlte sich trotz allem deutlich besser. Die Nähe hatte ihre Stimmung gehoben. Und den Vorfall würde sie, so wie versprochen, vergessen. Möglicherweise würde sich der Abend schon bald wiederholen, aber nur unter bestimmten Bedingungen, die sie festlegte…

Dan

Er stand auf der Bühne, sie davor. Sein Auftritt war energiegeladen und sexy. Zudem sah er aus wie der junge Bono – absolut ihr Typ. Sie war froh, dass sie ihn so ungesehen anstarren durfte. „Ich muss ihn kennen lernen", sagte sie zu ihrer Freundin, die den gleichen Gedanken hegte. „Ok, schnapp ihn dir!", sagte diese, sich im Verzicht übend. Schließlich hatte sie einen Freund.

Die Bühne und der Club waren klein, der Auftritt schnell vorbei und Dan verschwunden. „Hoffentlich bleibt er noch ein bisschen zum Feiern", schrie Nathalie ihrer Freundin zu. „Bestimmt!" Doch er ward über eine Stunde nicht gesehen. „Er duscht vielleicht noch, oder ist im Backstage gefangen. Afterpartys lassen sie sich bestimmt nicht entgehen!" munterte Klarissa sie auf. Doch während sie noch überlegten hatte er sich schon auf der Tanzfläche eingefunden. Er bewegte sich gekonnt – war defintiv kein Rumsteher und Kopfnicker. Die Musik lag ihm im Blut, das konnte jeder sehen. Als sie ihn erblickte, sah sie ihm eine Weile zu, stellte sich vor, ihren Körper an seinen zu schmiegen; dann war sie bereit für den ersten Schritt. Sie würde ihn machen müssen, denn er hatte sie noch nicht bemerkt. Sie begab sich an eine freie Stelle in seiner Nähe, tanzte für sich allein, unter den Blicken der anderen Männer. Es dauerte nicht lange, da hatte auch er sie bemerkt. Doch er war nicht plump, würde nicht einfach rübergehen und sie antanzen. Auch ansprechen würde er sie nicht. Sein Plan war, für eine Weile zu verschwinden, um sich interessanter zu machen. So ging er zur Bar und bestellte sich ein Bier. Sie schaute sich um, schien ihn zu suchen – das war ihm Bestätigung genug. Nachdem er ausgetrunken hatte fand er sie und stellte sich nahe hinter sie. Versehentlich rempelte sie ihn an, drehte sich um. Ihre Blicke trafen sich und die Zeit blieb stehen. Keiner der beiden merkte wie lange sie sich ansahen – sie den Blick über die Schulter, wie eingefroren, er hinter ihr, zu allem bereit. „Entschuldigung", brachte sie nach einer Ewigkeit hervor. Ihre Augen trennten sich, sie tanzte weiter, er begann erneut. Dieser Moment hatte sie beide benommen gemacht. Wie in Trance bewegten sie sich nun, bis ihre Körper zueinander fanden, beinahe als wären sie von einer höheren Macht ferngesteuert. Sie hatten den gleichen Rhythmus, tanzten eng. Seine Hände wagten sich an ihre Hüften, Oberkörper an Oberkörper, Kopf neben Kopf. Er konnte ihre Haare riechen – eine Mischung aus Vanille und Erdbeere, verspielt und betörend zugleich. Er schloss die Augen und gab sich dem Moment hin. Plötzlich drehte sie sich und ging in die Knie, ohne den Körperkontakt zu verlieren. Als sie sich auf dieselbe Art wieder aufrichtete, spürte er, wie das Blut in seine Körpermitte schoss. Er ging ein wenig auf Abstand, bis der Bereich sich wieder entspannt. „Nicht aufhören", flüsterte sie in sein Ohr. Doch er hatte keine Wahl. Er strich sich durch die Haare und hob die Augenbrauen. In dem Moment drehte sie sich um. „Alles ok?" fragte sie. Er lächelte. „Mehr als ok, alles bestens." Sie ahnte was das Problem war. Beide lächelten mit gespitzten Mündern. Sie drehte sich zu ihm, legte die Hände in seinen Nacken und küsste ihn. Die erotische Spannung war kaum auszuhalten. Beide wünschten sich mehr, am liebsten an Ort und Stelle. Doch es war ihnen nicht vergönnt. Dans Bandkollege klopfte ihm auf die Schulter. „Kumpel, wir müssen los!" Stimmt, da war etwas, der nächste Gig in einer Nachbarsstadt, scheiße! dachte Dan. Im Tourbus war kein Platz für sie, er musste sie wohl oder übel hierlassen. Nach einem letzten leidenschaftlichen Kuss tauschten sie Nummern und versprachen sich in Kontakt zu bleiben.

Tage vergingen bis er sich meldete. Sie hatte die Hoffnung beinahe aufgegeben. Aber sie war was das betraf altmodisch. Er musste auf sie zukommen, er war schließlich der Mann und Männer waren für sie wie Jäger, man sollte ihnen nicht hinterherlaufen. „Der Abend mit dir ist für mich immer noch unvergesslich. Wollen wir ihn bald wiederholen?" schrieb er. Natürlich wollte sie. Doch es würde eine Fernbeziehung zwischen Hannover und Berlin werden, sollte mehr daraus werden. Mit soetwas hatte sie schlechte Erfahrungen gesammelt. Aber mit ihm würde sie es vielleicht noch einmal drauf ankommen lassen. „Gerne! Wann?" schrieb sie zurück. „Bald", antwortete er.

Sie wollte mehr über ihn erfahren, am besten alles, also addete sie ihn auf Facebook. Sie liebte seine Bilder und den Humor in seinen Kommentaren und Posts. Anhand der Menge schien er eher extrovertiert zu sein, aber das mochte sie. Kommunikative Männer fand sie sehr anziehend. Doch dann stieß sie auf ein Bild, das sie sehr irritierte. Er hatte Makeup aufgetragen und trug eine Coursage. Darunter stand – ob Ironie oder nicht konnte sie nicht abschätzen – „So fühle ich mich am wohlsten". Sie musste schlucken, hoffte jedoch, dass er sich selbst nur auf die Schippe nahm. Aber was, wenn er es ernst meinte? Das würde ihre Gefühle für ihn stark ins Wanken bringen. Sie hatte im Grunde nichts dagegen wenn ein Mann gelegentlich in Frauenkleidung schlüpfte; sie war was das anbelangte sehr tolerant. Aber am wohlsten sollte er sich doch in der eigenen Haut fühlen. Sie beschloss, ihn schnell darauf anzusprechen. Vielleicht war das alles nur ein Missverständnis.

Am nächsten Morgen wagte sie sich an das Thema heran und bekam folgende Antwort: „Eigentlich würde ich dir das lieber persönlich erklären, aber ja, es stimmt, ich bin transsexuell und auf dem Weg eine Frau zu werden. Das ist mir wirklich wichtig und fehlt mir zu meinem Glück. Ich wusste nicht, wie ich es dir sagen sollte, deswegen war ich froh als du mich geaddet hast. Ich hatte gehofft, dass du meine Bilder durchsiehst. Ich weiß nicht, ob du das nachvollziehen kannst. Wahrscheinlich bist du jetzt abgeschreckt. Ich kann nur sagen, ich bin eine homosexuelle Frau und ich stehe auf dich. Kannst du damit umgehen?"

Ihre Welt brach zusammen. Sie brauchte zwei Schnaps um einiger-maßen klar denken zu können. Das musste sacken. Er war noch er selbst, und doch war er zu einem anderen geworden. Oder sollte sie besser sagen: Zu einer anderen? Ja, sie war tolerant, aber fand sie es auch attraktiv? Nein, musste sie sich eingestehen. Dennoch willigte sie ein, Dan zu treffen. Sie mochte ihn als Mensch und fand ihn interessant, wollte auch „sie" besser kennen lernen. Er würde schon bald nach Hannover kommen um sie zu besuchen.

Der Tag war gekommen. Nathalie machte sich hübsch. Wollte sie Dan trotz allem gefallen? Sie entschied sich, diese Frage mit Ja zu beantworten. Weshalb konnte sie sich selbst nicht erklären. Es klingelte an ihrer Tür – Dan war da. Ein letzter Blick in den Spiegel, dann öffnete sie. Dan stand als Mann vor ihr. Sie fühlte sich unglaublich zu ihm hingezogen. Die Begrüßung begann mit einer Umarmung und mündete wie selbstverständlich in einen langen Kuss. Ihr wurde schwindelig. Was war das hier bloß? Sie liebte seine Augen, seine Energie, seinen Humor. Aber würde sie auch seinen weiblichen Körper lieben können? Das alles war zu abgefahren um wahr zu sein, aber das war es: Wahr. Solange er Mann war konnte sie es ausblenden. Aber als Dan sich an ihrem Kleiderschrank zu schaffen machte, um sich ausgehfein zurechtzumachen schlug die Realität ihr mit der flachen Hand ins Gesicht. „Darf ich etwas ausleihen?" fragte Dan. Er durfte. Er entschied sich für ein kleines Schwarzes – was ihm wie angegossen passte – eine weinrote Bolerojacke und eine schwarze Strumpfhose. Schuhe hatte er dabei. „Eigentlich wollte ich die Zeit mit dir als Mann verbringen, aber ich fühle mich so einfach nicht mehr wohl", fügte Dan an, als er als Dana in voller Montur vor Nathalie stand. Sie musste zugeben, sie sah gut aus. Mehr als gut. Ihre Beine kamen in dem Kleid gut zur Geltung – jede Frau wäre neidisch. Makeup und Perücke waren nicht übertrieben, sondern täuschend authentisch. Einzig die markante

Nase ließ vermuten, dass sie noch ein Mann war. „Du bist schön", sagte Nathalie und meinte es. „Darf ich dich küssen?" fragte Dana. Nathalie konnte sich nicht überwinden. Das Unmögliche war real, sie konnte nicht damit umgehen. Dennoch mochte sie Dana und würde mit ihr ausgehen.

„Ich hab das Gefühl, alle gucken mich an", sagte Dana, als sie durch die Stadt liefen. Das Gefühl hatte Nathalie auch, aber es störte sie nicht. Sie nahm Danas Hand und drückte sie fest. Es war ihr Herzenswunsch und sie würde sie so gut es ging darin unterstützen. „Das liegt daran, dass du so groß bist", versuchte sie, die Situation entspannt zu nehmen. „Achte nicht auf sie. Guck lieber auf die anderen – wir wurden gerade lieb angelächelt." Dass Nathalie in der Wir-Form von ihnen sprach gab Dana wieder ein gutes Gefühl. Nun lächelte sie und wurde angelächelt. Sie sieht glücklich aus, dachte Nathalie, die sich erst noch daran gewöhnen musste Dan jetzt Dana zu nennen. Doch sie tat es, ganz konsequent. Dan war für sie längst zur Frau geworden, auch ohne OP.

Am Ende des Abends, als Dana wieder zu Dan wurde, überlegte Nathalie, ob sie wohl miteinander schlafen würden. Sie küssten sich, denn es war zu gut um darauf zu verzichten, aber mehr ging nicht.

Auch wenn Dan körperlich noch ein Mann war, die Bilder von ihm als Frau bekam sie nicht mehr aus dem Kopf. Nathalie fand das jammerschade, denn sie fühlte sich sehr zu Dan hingezogen. Doch er respektierte ihren Wunsch und schlief brav ein, ohne sie zu bedrängen. Sie lagen eng umschlungen, es bestand große Vertrautheit zwischen ihnen, aber diese eine Grenze hielten beide ein. Dan spürte, dass Nathalie nicht soweit war, ohne dass sie darüber sprachen.

So wie sie eingeschlafen waren erwachten sie am nächsten Morgen – eng umschlungen. Es gab keinen Moment der Verlegenheit, alles fühlte sich ganz natürlich an, so als wären sie beide füreinander geschaffen. Dennoch gingen Nathalie die Gedanken nicht aus dem Kopf: Konnte sie das wirklich, auf Dauer, im reellen Leben? Und würde ihr der Sex nicht fehlen? Sie konnte Dana nicht küssen, aber vielleicht war das nur eine Frage der Zeit und der Gewöhnung. Vielleicht war sie auch ein bisschen Bi. Sie hatte dahingehend noch keine Erfahrungen gesammelt, konnte sie es also ausschließen? Aber konnte sie Dana ihren Freunden und ihrer Familie vorstellen? Würden sie es akzeptieren? Und wie sah es mit ihr selbst aus – würde sie die Veränderungen der OP verkraften?

Ihre Antwort war Nein. Konnte sie nicht, würden sie nicht. Eine traurige Bilanz.

Sollte sie mit Dana darüber sprechen oder mit Dan? Und wie sollte sie es anstellen? Dan hatte wegen dieser Sache schon einige Freunde verloren. Seine Familie akzeptierte es ebenso wenig. Sollte sie, Nathalie, zu diesem Trauerspiel auch noch einen Beitrag leisten? Sie konnte und wollte Dan nicht verletzten, also behielt sie ihre Bedenken vorerst für sich.

Sie verbrachten drei wundervolle Tage gemeinsam, aber nur nachts bekam Nathalie Dan als Mann zu sehen. So mochte sie ihn am liebsten, das war beiden klar. Dana schminkte sich daher frühzeitig ab und schlüpfte in ihren Pyjama, Nathalie zuliebe. Nur in diesem Zustand konnte sie sich von ihr diese Küsse ergattern die sie so sehr genoss. Ein Kompromiss, der für beide ok war.

Dann hieß es Abschied nehmen. Sie würden sich vermissen, das sagten sie beide. Sie umarmten sich ein letztes Mal und versprachen sich, sich bald wieder zu sehen. Ein letzter Kuss, dann war der Abschied gekommen.

Werde ich es wirklich tun? dachte Nathalie abends im Bett. Werde ich mich weiter auf diese Sache einlassen? Mich in Danas Welt begeben, die so voller Missverständnisse und vorurteilsbehaftet ist? Was sie nur vage ahnte war, dass sie längst in diese Welt eingebunden war – mit ganzem Herzen, unlösbar. Ohne Dana fühlte sich Nathalie als halber Mensch, einsam, verloren und unvollständig. Aber je mehr sie versuchte, Dans weibliche Seite attraktiv zu finden – was sie ohne Zweifel war – desto mehr wurde ihr klar, dass sie nicht auf Frauen stand. So gar nicht, nicht mal ein bisschen – leider. War es das also? Den Gedanken wies sie von sich. Vielleicht könnten sie die Zeit bis zur OP einfach noch gemeinsam genießen. Und dann würden sie weitersehen. Obwohl das möglicherweise sehr schmerzhaft würde, schmerzhafter als jetzt einen Cut zu machen.

Je öfter sie entschied darüber zu schlafen, desto stärker wurde ihre Sehnsucht. Nach allem was den Menschen Dana ausmachte, nach ihrer Nähe. Sie würde also die Reise machen, es war beschlossen. Auf ihre Nachricht reagierte er euphorisch, was sie in ihrem Entschluss bestätigte.

Während der Zugfahrt überlegte sie: War sie nur einsam oder möchte sie Dan wirklich so sehr, um Dana in Kauf zu nehmen? Sie hatte einige Verehrer, aber es war niemand darunter mit dem sie sich so wohl fühlte. Sie hatte – wenn auch nicht auf Biegen und Brechen – den Wunsch nach einer Beziehung. Die Sehnsucht war da. Dan war da. Und Nein, sagte sie sich, es war nicht die Einsamkeit, die sie in Dans Arme trieb. Er und Dana hatten etwas ganz besonderes an sich. Weisheit, Sanftmut, Großzügigkeit, ein riesengroßes Herz, Selbstbewusstsein, und das obwohl er innere Kämpfe ausfocht. Er war ein bewundernswerter, angenehmer Mensch – egal ob Mann oder Frau, und sehr liebenswert. In seiner Nähe fühlte sie sich so unbeschreiblich gut, besonders nachts. In letzter Zeit hatte sie nie so gut geschlafen wie in den Nächten mit ihm. Aber konnte sie auf das Sexuelle verzichten? Konnte Dan es? Das war das große Problem das sie traurig werden ließ. Sex hatte nie einen großen Stellenwert für sie. Sie ließ nur derartige Nähe zu wenn sie wirklich verliebt war. Aber wenn es sie erwischt hatte, wollte sie dem Menschen ihrer Wahl ganz nahe sein, auch körperlich. Jetzt, wo er noch ein Mann war, konnte sie sich das vorstellen, aber nach der OP? Undenkbar.

Die vielen Gedanken machten die lange Zugfahrt kurz. Sie war bereits am Berliner Hauptbahnhof eingetroffen. Dan wartete auf sie, so wie sie ihn kennen gelernt hatte, als Mann. Sie umarmten und küssten sich. „Ich weiß, dass es schwierig für dich ist und möchte dich nicht zu sehr irritieren", sagte er, mit Liebe im Blick. Sie war ihm dankbar. Nur die rasierten Augenbrauen zeugten noch von seinem Leben als Frau, aber damit konnte sie umgehen.

Nach dem Abendessen, das er für sie beide gekocht hatte, wagte er sich einen Schritt vor und gestand ihr was er sich wünschte. „Wenn ich dich nicht zu sehr abstoße, möchte ich, dass du weißt: Ich finde dich sehr anziehend und würde gerne mit dir schlafen. Dich von Kopf bis Fuß verwöhnen. Ganz eins werden mit dir." Vor diesem Moment hatte Nathalie Angst gehabt. Doch jetzt, da er gekommen war, fühlte sie sich überraschend wohl damit. Sie fand ihn nicht abstoßend, im Gegenteil. In ihn als Mann war sie verliebt. Ganz und gar und ohne Vorbehalte. Sie antwortete ihm mit einem Kuss, der alles toppte was sie zuvor erlebt hatten.

Sie würden also miteinander schlafen, dachte er. Er würde sie behandeln wie eine Göttin. Sie streckte die Arme in die Höhe, er zog vorsichtig ihr Oberteil aus, dann ihren BH. Sie hatte perfekte Brüste, mittelgroß und fest. Die Frauen mit denen er bisher geschlafen hatte konnten ihr nicht das Wasser reichen. Auch er entblößte sich. Sie mochte seinen Körper, so wie er war, auch wenn es ihm anders erging. Als sie ihn liebkosen wollte, sagte er „Nein nein, jetzt geht es nur um dich." Sie legte sich auf den Rücken, er sich neben sie. „Mach die Augen zu", flüsterte er ihr ins Ohr. Dann streichelte er ihren gesamten Körper, wie bei einer sanften Massage. Sie ließ sich fallen. „Ich möchte wissen wie du dich an-hörst wenn du kommst", sagte er nun. Sie war ein wenig zögerlich. Es hatte noch kein Mann zuvor so viel Wert darauf gelegt dass sie kam. Ein wenig Druck kam in ihr hoch. Sie hoffte er wisse was er tut. Er schaute sie an während seine Finger gekonnt ihre Klitoris massierten, umkreisten. Er spielte mit ihrer Lust als hätte er nie etwas anderes gemacht. Sie stöhnte. Erst leise, dann immer lauter. Es dauerte nicht lange bis sie kam. Das war eine absolute Prämiere für sie, sie war noch nie zuvor mit einem Mann gekommen. Und mit Dan gelang es gleich beim ersten Mal. Sie war baff. „Das war schön zu erleben", flüsterte er ihr ins Ohr. Sie traute sich kaum ihn anzusehen. Es war ihr ein wenig peinlich, dass sie sich so gehen lassen hatte, ohne dass er sich beteiligte. Sie war es nicht gewohnt nur zu nehmen. Andererseits war sie tiefenentspannt. Sie schenkte ihm ein Lächeln und einen langen Kuss. „Jetzt du", schlug sie vor. „Nein, nicht nötig. Das reicht mir völlig." Sie verstand nicht ganz, akzeptierte es aber, auch wenn es ungewöhnlich war.

„Hast du schon mal mit einem Mann geschlafen?" fragte sie, um eine Erklärung für sein Verhalten zu finden. „Nein, noch nie. Männer interessieren mich nicht." Sie war überrascht und irgendwie froh. Er fand sie sexuell anziehend, das machte alles leichter. „Ich weiß, das ist alles sehr schräg und verwirrend für dich. Für mich war es das auch ganz lange. Aber Menschen wie mich muss es auch geben", sagte er mit einem Zwinkern. Er ging wirklich gelassen mit dem Thema um, das machte es auch für Nathalie einfacher.

Je mehr Zeit sie mit Dan verbrachte, desto mehr verliebte sie sich. Wenn doch nur Dana nicht wäre, dann würde sie keine Sekunde zögern, ihre Sachen packen und nach Berlin ziehen. Würden diese Gedanken jemals vergehen? Vielleicht brauchte sie nur Zeit. Momentan konnte sie ihm keine Antwort auf die Frage ob sie jetzt zusammen seien geben.

Er ahnte was in ihr vorging. Absichtlich hatte er keinen konventionellen Sex mit ihr gehabt, um zu sehen, ob sie auch in der penislosen Zeit zu ihm halten würde. Es gab so viele Möglichkeiten Lust auszuleben. Er wollte sie in diese Welt einführen. Doch wohl mit wenig Erfolg. Sobald er seinen Penis verlor würde er auch sie verlieren, das wusste er nun.

Die Nacht über dachte er nach, über alles. Seine OP, die er um alles in der Welt wollte – und Nathalie, die er mindestens ebenso sehr brauchte. Er wollte sich endlich als Frau fühlen – nein, so fühlte er sich bereits, er wollte endlich eine Frau sein, mit allem was dazugehört. Allerdings hatte er schon lange keine so starken Gefühle für eine Frau. Er konnte sich vorstellen mit ihr alt zu werden. Sollte er die Einsamkeit über das Glück wählen? Die Wahrscheinlichkeit, dass er eine andere Frau traf für die er ebenso empfinden würde und die mit allem klar kam war sehr gering. Vielleicht konnte er mit seinem Penis leben. Ihr zuliebe, möglicherweise.

Nathalie hatte die Augen geschlossen, aber auch sie grübelte. Sie wollte Dan glücklich wissen, ob mit ihr oder ohne sie. Sie wollte ihm nicht im Weg stehen, ihm ihre Wünsche aufzwängen, ihn von seinem Lebenstraum abbringen. Sie empfand Liebe für diesen Menschen, dabei war das Geschlecht fast egal. Und Ja, vielleicht könnte sie lernen Bi zu sein, ihm zuliebe. Brüste fand sie schön. Sie konnte sich sogar vorstellen mit ihnen auf Tuchfühlung zu gehen. Aber an eine Vagina würde sie sich nicht herantrauen und sie würde etwas vermissen.

Am nächsten Morgen standen sie völlig gerädert auf. Sie mussten sprechen, das stand fest. Er begann. „Ich habe viel nachgedacht. Vielleicht brauche ich die Penis-OP nicht um glücklich zu sein, aber ich brauche dich." Nathalie atmete erleichtert durch. „Gottseidank" war alles was sie sagen konnte. „Tagsüber wäre ich deine Partnerin und nachts dein Mann, mit allem Drum und Dran. Könntest du damit leben?" Sie konnte. Bevor sie in Tränen der Rührung ausbrach schenkte sie ihm ein Lächeln. Die letzten Tage waren zu viel für sie gewesen. Eine Achterbahn der Gefühle wie sie sie noch nie erlebt hatte.

*

Ein halbes Jahr später wurden Dana die Fäden gezogen. Nathalie bereitete in der gemeinsamen Wohnung in Berlin Mitte alles für einen romantischen Abend vor. Sie beide hatten bis zu diesem Tag auf ihre erstes gemeinsames Mal gewartet, insbesondere Dana war das ein Bedürfnis gewesen. Es sollte etwas ganz besonderes werden und sie wollte sich besonders fühlen. Das tat sie nun, mit Körbchengröße 85A. Kein großer Busen, aber ein guter Kompromiss. Mit Hilfe der Hormontherapie würde es noch ein wenig mehr werden, hatte der Arzt gesagt. Ihr Penis würde etwas schrumpfen, was sie toll fand und Nathalie nicht störte. Alles in allem würden sie beide so glücklich werden mit ihrem Körper.

Die Kerzen brannten, der Tisch war gedeckt, es fehlte nur noch Dana. Das Risotto kochte, die Crema Catalan war fertig, alles sah nach einem vielversprechenden Abend aus. Endlich, endlich drehte sich ein Schlüssel im Schloss – Dana war da. Beide hatten sich fein angezogen, dem Anlass entsprechend. Die Nervosität, die sich in beiden angestaut hatte verpuffte beim ersten Blick. „Du siehst wunderschön aus", sagte Nathalie. „Das kann ich nur zurückgeben", erwiderte Dana. „Wie fühlst du dich?" Dana warf einen Blick in den Flurspiegel und betastete ihren neuen Busen. „Großartig! Komplett." Sie nahmen sich in die Arme, küssten sich.

„Aber jetzt wird es Zeit fürs Abschminken", unterbrach Dana plötzlich. „Heute ist nicht nur mein Abend, sondern auch unserer." Dana zog ihre Kleidung aus und setzte sich nackt an ihren Schminktisch. Langsam nahm sie ihre Schicht Makeup ab. Nathalie schaute ihr bei ihrer Verwandlung zu. Dana war ein wunderschöner Mensch, innen und außen. Sie konnte es kaum erwarten sich mit ihr zu vereinen. Sie nahmen sich in die Arme, küssten sich, berührten sich. Es fühlte sich gut an, bis zum Schluss. Das Essen verbrannte derweil auf dem Herd.

Jedermann

Niemand wusste woher er kam. Plötzlich war er aufgetaucht, wie aus dem Nichts. Dem Aussehen nach stammte er aus dem Nahen Osten. Die Schatten unter seinen Augen waren tief, seine Wangen eingefallen. Er war jung, doch graue Haare hatten sich bereits an seinen Schläfen gebildet.

Er trug zwei Koffer in den dritten Stock eines Neubaus – sein ganzes Hab und Gut. Der lange Marsch hatte ihn müde gemacht, auch wenn er schon Wochen her war. Er spürte eine schwere Last auf seinen Schultern, die einfach nicht leichter werden wollte, auch wenn er entkommen war. Er hatte seine Eltern zurücklassen müssen, das Geld hatte nicht für alle gereicht. Das machte ihn mürbe. Beim Gedanken an sie, liefen im Tränen die Wange hinab, die er nicht mehr spürte. Alles war taub. Doch zumindest machte das den Schmerz erträglicher. Von erträglich konnte man nicht sprechen.

In seiner neuen Bleibe, einem Zimmer in einer WG, angekommen, ging er grußlos in sein winziges Quartier, legte sich aufs Bett. Er war angekommen. Auch wenn es sich nicht so anfühlte. Seine Mitbewohner waren Studentinnen aus Frankreich und Dänemark, doch das wusste er noch nicht. Er wusste gar nichts mehr. Seine Welt stand Kopf und er drohte, abzufallen. Was er mit sich anfangen sollte, wusste er nicht. Vielleicht würde er sich einfach hier verstecken, bis alles besser war. Bis die Welt zur Vernunft kam. Bis die Menschen aufhörten, sich die Hölle auf Erden zu bereiten. Er fühlte keinen Hunger und keinen Durst. Hier würde er es eine Weile so aushalten. Er wollte nichts, er brauchte nichts. Nur seine Ruhe. Alles ausblenden – die Bilder, die Erinnerungen, die Sorgen und Ängste. Einfach nichts mehr denken, das wäre schön – aber leider unmöglich. Es gab Dinge, die vergisst man nicht. Er hatte sie erlebt, gesehen. Das würde ihn für den Rest seines Lebens begleiten.

Er schlief lange, aber nicht tief. Für Träume reichte es nicht. Zum Glück, denn diese waren nie erfreulich. Als er sich orientiert hatte, vernahm er Stimmen. Sie kamen aus der Küche, die direkt neben seinem Zimmer lag. Die beiden Mitbewohnerinnen unterhielten sich – über ihn. Da sie Englisch miteinander sprachen verstand er sie. Die eine sagte, sie wolle ihn hier nicht haben, weil er seltsam sei. Hatte er alles schon gehört. Die andere stellte sich auf seine Seite. Er konnte es kaum glauben. Er bräuchte Verständnis und Zuneigung. Ein offenes Ohr, dann würde es bald wieder bergauf gehen mit ihm. Das wagte er nicht zu glauben, aber er war froh, dass endlich jemand auf seiner Seite war. Nach dem Angriff auf das Flüchtlingsheim hatte er alle Hoffnung verloren. Er war in seinem Land nicht mehr zuhause und anderswo nicht willkommen. Doch hier wohnte eine gute Seele. Diese klopfte nun an seine Tür und stelle sich als Stella vor. Er machte ihr auf, da er sie an ihrer Stimme erkannte. Vor ihr hatte er nichts zu befürchten. Mit ihr würde er reden. Wenn er Worte fand.

Sie hatte ihm etwas zu essen gebracht. Er wollte es zuerst ablehnen, aber der Duft zog in seine Nase, er war unwiderstehlich. So machte er sich über das Essen her. Sie sah ihm dabei zu. Seit langem fühlte er sich nicht mehr allein. Ihre bloße Gegenwart, auch wenn sie kein Wort wechselten, gab ihm ein gutes Gefühl.

Von nun an kochte sie jeden Abend für ihn. Nach vier Wochen hatte er 6 Kilo zugenommen und konnte sogar ab und an lächeln. Immer dann, wenn sie, tollpatschig wie sie war, etwas fallen ließ oder sich beinahe die Finger verbrannte. Er mochte sie sehr, auch wenn sie nie sprachen. Er hatte keine Worte für seinen Zustand, keine Themen, die er besprechen mochte. Schweigen tat ihm gut und das spürte sie. Er fühlte sich mit ihr vertraut, auch wenn Welten zwischen ihnen lagen. Seine Welt sollte sie nie kennen lernen. Auch wenn sie mehr verstand als er ahnen konnte.

Er mochte die Art wie sie sich bewegte, wie sie lächelte. Sie war ohne Zweifel sehr attraktiv, aber er hatte jegliche Libido verloren. Sexuelles Interesse konnte er für niemanden aufbringen. Sie spürte es und es war für sie eine Wohltat. Sonst baggerten die Männer sie schamlos an. Dieser war eine große Ausnahme. Das machte es auch für sie angenehm mit ihm Zeit zu verbringen. Nach den Wochen des Schweigens entwickelte sie daher das Bedürfnis, ihm von sich zu erzählen. Von der Kindheit bis heute war er schon bald in vollem Bilde. Nie hatte ihr jemand so gut zugehört. Auch wenn er nur selten etwas kommentierte. Er verstand sie, es waren keine großen Worte nötig.

Schon bald verband sie eine Freundschaft. Sie gingen zusammen Besorgungen machen, sie zeigte ihm die Umgebung, die Highlights der Stadt. Und sie hatten begonnen, sich zu umarmen, bei jeder Begrüßung und bei jedem Abschied. Das tat beiden gut, ihm jedoch bedeutend mehr, da sie die einzige war, mit der er dies erleben durfte. Sie hatte viele Freunde, die auch ein und aus gingen – was ihn nicht störte, er zog sich dann eben zurück. Er merkte, dass sie sich mehr und mehr für ihn interessierten, sogar die andere Mitbewohnerin. Das baute Druck auf, dem er nicht gewachsen war. Er teilte sie gerne mit anderen Menschen, doch war er immer wieder froh, wenn er sie für sich hatte.

Die Monate zogen ins Land. Er hatte inzwischen einen Job als Küchenhilfe gefunden, verdiente seinen eigenen Lebensunterhalt und konnte sich ab und zu neue Kleidung leisten. Es war ihm wieder wichtig, gut auszusehen. Für sie. Der Gedanke erschreckte ihn ein wenig, doch als er sich daran gewöhnt hatte, begann er, es zu genießen. Eines Abends, sie saßen wie immer beim Essen zusammen, bemerkte er, wie sehr ihre Augen funkelten wenn sie sich ansahen. Wie sehr ihr Gesicht strahlte wenn sie lächelte. Und er merkte, wie schnell sein Herz schlug. Die Anzeichen waren eindeutig, er hatte sich verliebt. Aber wie stand es mit ihr? Er wagte es nicht zu glauben, auch wenn er es sich sehr wünschte.

Sie verbrachten fast jeden Abend zusammen. Wenn er sie nicht sah, weil sie etwas anderes vorhatte, vermisste er sie. Umso mehr genoss er dann wieder das Zusammensein. Sollte er ihr gestehen was er empfand? Oder würde er sie verschrecken? Er wusste nicht was er tun sollte.

Als sie sich wie immer abends zusammen setzten, merkte sie an ihm einen Unterschied. Er wirkte nervös, kurzangebunden – so kannte sie ihn zu Beginn, doch das hatte sie lange nicht mehr erlebt. Sie hatte gehofft, dass er die schweren Zeiten hinter sich gelassen und abgeschlossen hatte. Doch soetwas wird man wohl nie ganz los. Sie sorgte sich um ihn und konnte sich nicht erklären, weshalb es so plötzlich wieder auftauchte. Möglicherweise war etwas passiert von dem sie nichts ahnte. Vielleicht mit seinen Eltern. Er hatte sich endlich ein wenig geöffnet und ihr von ihnen erzählt. Sie wusste also, wie wichtig sie ihm waren.

Sie fragte nach. Er sagte nur, alles wäre ok. Doch damit war er selbst nicht zufrieden. Er fasste sich ein Herz. Bei all dem was er schon durchgestanden hatte, sollte dieses Thema für ihn ein Klacks sein, dachte er sich. Er war kein Feigling. Daran, dass sich durch diese Offenbarung alles verändern würde versuchte er nicht zu denken. Er erhob sich, nahm ihre Hand und bat sie aufzustehen. Sie sahen sich, beinahe auf Augenhöhe, an. Sie war verwundert, überrascht und gespannt was nun kommen würde. Sie hatte ihn von Beginn an gemocht, auch wenn er sehr still war, oder vielleicht gerade deshalb. Er war kein Sprücheklopfer, kein Macho, kein Trampeltier, sondern einfach ein sehr angenehmer Mensch. Seit er ein wenig zugenommen hatte war er zudem sehr attraktiv. Sie musste es sich eingestehen, sie fühlte sich zu ihm hingezogen. Es war ihr egal was andere denken würden, die mit Vorurteilen behaftet waren. Er hatte es bis hierher geschafft und sie war stolz auf ihn. Wie automatisch streichelte sie seine Wange, näherte sich langsam seinem Gesicht. Er schloss die Augen, sie tat es ihm gleich.

Der Kuss war liebevoll, sanft, so wie er es noch nie erlebt hatte. Er bekam weiche Knie. Was nun passierte überraschte ihn enorm. Sie nahm seine Hand und führte ihn aus der Küche in ihr Schlafzimmer...

Chatroom

"Leider kein Date, um über Literatur zu sprechen, da Eishockeytraining", schrieb Simon im Single Chat der Hannover Lonelyhearts unter Kiaras Namen, beim Spiel Date oder Kumpel. Dort war er ihr zum ersten Mal aufgefallen – ein spießiger Lehrer, mit Brille und Seitenscheitel, nicht ihr Typ. Doch als sie Stunden später wieder die Seite aufsuchte, sah sie sich erneut die Kommentare an und musste mit Erstaunen feststellen, dass sich hinter diesem Mauerblümchen ein ganzer Kerl verbarg. Er hatte ein neues Foto eingestellt: Sexy seitlich in Pose liegend, mit hochgegeelten Haaren und verschmitztem Lächeln. Wow, dachte sie nur. Was ein kleines Make-over so alles ausmachen kann. Sie fand ihn plötzlich interessant und entschied, ihn anzuschreiben.

Sie: „Schade… Tolles Titelbild, übrigens!"

Er: „Die Hängematte? Ist leider nicht das Original, aber eins zu eins nachgestellt. Gehst du heute tatsächlich zu dem Lonelyhearts-Treffen?"

Sie: „Sieht sehr einladend aus… Nein, heute gehe ich nicht hin, aber nächste Woche vielleicht…"

Er: „Du bist hiermit gewarnt. Ziemlich viele schräge Vögel ;)"

Sie: „Ok, danke für die Warnung ;) Kann aber auch unterhaltsam sein."

Er: „Kann es durchaus sein, oder man langweilt sich zu Tode. Kenne ein paar von den Leuten privat und gehe daher ab und zu vorbei wenn sie auch da sind. Aber man merkt auch, dass viele da hin gehen, weil sie auf herkömmlichen Weg keinen Anschluss finden – no offence ;)"

Sie: „None taken ;) Das Problem kenne ich. Es tummeln sich viele schwer Vermittelbare im Online-Dating. Bin davon auch noch nicht überzeugt. Aber ich hab von einem Freund den Tipp bekommen und wollte mich hier mal umschauen…"

Er: „Es ist ganz pragmatisch so, dass die Chance überall besteht. Im Online-Dating ist sie verringert, dafür ist das Angebot größer."

Sie: „Ich finde, Online-Dating ist verkehrt herum. Man lernt sich kennen, ohne zu wissen, ob man sich riechen kann, ob die Chemie stimmt, ob der Funke überspringt… Normalerweise sieht man jemanden und denkt sich: Über den/die möchte ich mehr erfahren. Online weiß man schon eine Menge, aber das Wichtigste noch nicht… Naja, ich werde es sehen… Habe auf jeden Fall schon ein paar nette Gespräche gehabt. Und wenn das alles ist was dabei rum kommt ist das doch schon mal was."

Er: „Ach ja, Gespräche gibt's online immer schnell nette, weil die Leute besser aus sich rauskommen, wenn sie sich nicht gegenüber sitzen müssen. Deswegen gebe ich da nicht mehr viel drauf. Vier Augen ist Trumpf!"

Sie: „Auf jeden Fall!"

Er: „Ok, muss jetzt zum Spocht."

Sie: „Viel Spaß!"

Einen Tag später.

Er: „Hatte ich - Danke ☺"

Sie: „Schön ☺ … Wollte der Herr jetzt eigentlich ein Date? Klär mich mal auf ;)"

Er: „Ich nehme an, du stellst diese Frage so ohne Kontext, weil du selbst eins willst, aber lieber auf meine Reaktion wartest?"

Sie: „Niemals nicht, nein, weil der Herr im Date-oder.Kumpel-Thread geschrieben hat, und ich zitiere ‚Leider kein Date, da Eishockeytraining…' Denn Sie wissen nicht was Sie tun? ;) Ich würde mich aber fügen, sollten Sie auf einem Date bestehen ;)'"

Er: „Du bestehst also auf ein Date und würdest dich fügen, wenn ich Interesse an Literatur hätte – oder verstehe ich da etwas falsch?"

Sie: „Nein, komplett falsch. Bestünden Sie auf einem Date, würde ich wohl oder übel dabei sein – aus reiner Höflichkeit."

Er: „Wohl oder übel, und dann auch nur körperliche Anwesenheit? Mit Verlaub, aber da würde meiner durchaus geistreichen und sympathischen Gesellschaft wohl keine angemessene Würdigung zuteilwerden…"

Sie: „Na gut, ich lasse mich zu einer angemessenen Würdigung Ihres Charmes hinreißen – kurzum: ich möchte ein Date. ☺"

Er: „Selbstbewusst, gefällt mir ;) Ok!"

Sie: „Nächsten Samstag?"

Er: „Passt"

Sie: „18 Uhr im Café Karamell?"

Er: „Gerne!"

Vier Tage später.

Sie: „Hey, der Abend mit dir war sehr schön."

Er: „Hi, ich dachte schon ich höre nichts mehr von dir…"

Sie: „Warum das?"

Er: „Weil du den Abend so abrupt beendet hast."

Sie: „Das ist mir nicht leicht gefallen, glaub mir, aber es ist besser so…!"

Er: „Dann fandest du mich nicht unsympathisch?"

Sie: „Im Gegenteil."

Er: „Dito ☺ Was dachtest du genau?"

Sie: „Angenehme Gesellschaft, schöne Augen."

Er: „Das hättest du mir auch bei einem Glas Wein bei mir Zuhause sagen können ;)"

Sie: „Wäre ich da sicher gewesen" ;)"

Er: „Naja… Garantieren kann ich für nichts."

Sie: „Siehst du ;) Was denkst du eigentlich über mich?"

Er: „Klug, sexy, hübsch."

Sie: „Merci cheri ;)"

Er: „Ich muss morgen früh raus und jetzt ab ins Bett. Träum schön."

Sie: „Du auch :*"

Einen Tag später.

Sie: „Guten Morgen, sag mal eine Zahl zwischen Eins und Drei ☺"

Er: „???"

Sie: „Sag eine Zahl ☺"

Er: „2"

Sie: „Hmm, ok!"

Er: „???"

Sie: „Wir wählen gerade das Titelbild für die Maiausgabe aus und haben es schon auf drei eingegrenzt ;)"

Er: „Ach, so werden in professionellem Rahmen Titelbilder ausgesucht – verstehe ^^"

Sie: „Ja was denkst du denn?? Die andere Methode wäre, im Dunkeln auf eins zu zeigen, aber wir haben alle Angst im Dunkeln :D"

Er: „Hast du heute Abend schon etwas vor?"

Sie: „Jetzt womöglich schon ☺ Woran dachtest du?"

Er: „Ein Film, ein Wein?"

Sie: „Klingt gut!"

Er: „Bei dir?"

Sie: „Ohoh…"

Er: „Keine Sorge, es passiert nichts was du nicht möchtest…"

Sie: „Das sowieso, ich habe nur die Befürchtung, dass ich mehr möchte als ich sollte ;)"

Er: „Das stört mich nicht ;)"

Sie: „Jaja…"

Er: „☺"

Sie: „Wir können das gerne bei mir machen."

Er: „Au super, ich bringe dann noch einen Wein und was zu knabbern mit. Magst du bestimmte Trauben im Wein besonders?"

Sie: „Prima! Ich mag Merlot oder Dornfelder, wenn es was anderes wird aber auch nicht schlimm."

Er: „Dornfelder, die typische deutsche Billigtraube ;) Damit macht man nichts falsch. Aber ich versuche mal etwas Neues und hoffe, dass es dir schmeckt…"

Sie: „Pff, ich geb mein Geld halt lieber für andere Sachen aus als für Drogen ;P Sehr gut, was Neues immer gerne!"

Er: „Ich hab neulich mal ein Weinseminar besucht. Da lernt man viel über die Trauben und warum man den Wein mag und anderen nicht ;)"

Sie: „Na mal gucken, ob ich heute meine Traube finde ;)"

Er: „Womöglich ☺"

Sie: „Heute Abend um sieben, Weinaustraße 5?"

Er: „Abgemacht! <3"

Am nächsten Morgen.

Er: „Guten Morgen, ausgeschlafen?"

Sie: „Kaum ein Auge zugetan ;)"

Er: „War auch ziemlich high danach. Hätte nicht gedacht, dass ich dich schon rumkriege ;)"

Sie: „War auch nicht geplant, aber der Wein war einfach zu gut ;) Wie gesagt, sonst mache ich das nicht so schnell..."

Er: „Alles gut!"

Drei Tage später.

Sie: „Hey, wie schaut es bei dir? Wochenende schon verplant?"

Er: „Ziemlich. Geht zum Turnier nach Verden und Oma steht mal wieder auf dem Besuchsplan ☺ Und du?"

Sie: „Kino, Geburtstag, Massage..."

Er: „Uiuiui, klingt ja auch gut."

Sie: „Ja, ausnahmsweise nix mit Faulenzen ;) Aber vielleicht Sonntag – es sei denn du hast da Zeit?"

Er: „Nein, wie gesagt betüddel ich am Sonntag meine Oma, die braucht in letzter Zeit mehr Gesellschaft ;)"

Sie: „Ok... Woran liegt es, dass es keine neue Verabredung gibt?"

Er: „Weil das Wochenende voll ist. Außerdem finde ich, ein wenig Zeit zwischendurch heizt die Vorfreude an. Du nicht?"

Sie: „Doch, durchaus. Über wieviel Zeit reden wir da genau?"

Er: „Ich persönlich finde das etwas entspannter, da ohne Deadlines ranzugehen. Wieso bist du denn da so hartnäckig? Einerseits fühle ich mich natürlich geschmeichelt, aber andererseits möchte ich auch verhindern, dass du da so schnell so eine ernsthafte Sache draus machst. Ich will dich nicht abwimmeln, aber verstehst du was ich meine?"

Sie: „Nein, eine Deadline wollte ich dir nicht setzen, obwohl ich nichts gegen ein wenig Planung habe ;) Der Grund für mein Drängeln ist, dass ich dir persönlich eine Frage stellen wollte – und Nein, kein Heiratsantrag ;P Ich versuche das zu verstehen, obwohl es für mich ein bisschen ungewöhnlich ist. Wenn man sich mag will man sich ja sehen. Ich trete was das angeht vielleicht eher aufs Gas, du eher auf die Bremse… Aber ich will auch nichts überstürzen…Kann ich dir vertrauen?"

Er: „Wie kommst du jetzt darauf?"

Sie: „Hab so meine Erfahrungen, nech…"

Er: „Da ich dir nie etwas versprochen habe, kann ich dir auch schlecht etwas vorgemacht haben, nicht? Sprechen wir übers Lügen?"

Sie: „Ja…"

Er: „Über welche Art von Lügen?"

Sie: „Wer bin ich, was mache ich, wo komme ich her…"

Er: „Und wo hast du deine Zweifel? Ich bin ja mal gespannt… ;)"

Sie: „Hm, also du willst mich nicht abwimmeln, aber auch nicht wirklich sehen – bist du verheiratet?"

Er: „Nein ☺ Aber ich lege es nicht zwangsläufig auf eine Beziehung an…"

Sie: „Gut. Also bin ich nicht dein Typ?"

Er: „Ich hab keinen Typ. Worauf willst du hinaus? … Ich mag dich als Person, finde dich attraktiv und fand es war ein schöner Abend…"

Sie: „Danke, das wollte ich doch nur mal hören ☺"

Er: „Eigentlich finde ich dich schrecklich und der Sex war miserabel – verdammt ☺ Jetzt ist es raus ;P"

Sie: „Na gut, dann braucht sich das ja zum Glück nicht wiederholen ;P"

Er: „Das eine Mal hat dir gereicht, ja?"

Sie: „Ja, das reicht jetzt erstmal wieder für ein paar Jahre, danke ;)"

Er: „Oh, ich werte das als Kompliment."

Sie: „Nee, das verstehst du falsch: Was Gutes will man wieder, was Schlechtes ist zum abgewöhnen ;P"

Er: „Nice try…"

Sie: „Hast du Lust mal zu telefonieren? 0511-9876543…"

Am nächsten Tag.

Er: „Gut aus dem Bett gekommen heute Morgen?"

Sie: „Ja, sehr gut. Und du?"

Er: „War recht unproblematisch heute ;) Bleibt es bei heute Abend? 18 Uhr?"

Sie: „Passt immer noch ;) Sorgst du für Wein?"

Er: „Hmm, na gut, ausnahmsweise. Aber ich will dann keine Beschwerden hören, der wird dann gekippt, no matter what ;)"

Sie: „Oje, na dann hoffe ich mal auf das Beste! ☺"

Am nächsten Morgen.

Sie: „Guten Morgen ☺ War mal wieder ein ziemlich perfekter Abend, wie ich finde…"

Er: „Aber der Wein hat dir nicht geschmeckt, also ist noch Luft nach oben ;)"

Sie: „Ich möchte jetzt unbedingt meinen Wein finden. Wo war noch mal der Laden?"

Er: „In der Marienstraße…"

Sie: „Zeigst du mir den mal?"

Er: „Kann ich natürlich machen, wenn du den Weg nicht findest ;)"

Sie: „Ich denke das wird nötig sein ;)"

Er: „Mach ich gerne!"

Sie: „Wann?"

Drei Tage später.

Sie: „Hey, kleine Vorwarnung, jetzt wird's mal kurz ernst. Ich finde es nicht gut das schriftlich zu machen, aber es will raus. Auch auf die Gefahr hin, dass ich dich vergraule, und ich hab ohne Zweifel auch Schiss, sage ich einfach was zu dem Thema, das mich beschäftigt: Für mich fühlt sich das unheimlich gut an und ich denke, dass da einiges drin wäre… Wenn du das tatsächlich immer noch ausschließt und nur Freundschaft + suchst, muss ich hier leider aussteigen. Zu meinem eigenen Wohl. Auch wenn ich es sehr schade fände… Ok, jetzt ist es raus."

Er: „Guten Morgen, danke für deine Ehrlichkeit. Ich finde auch, dass es gut passt, aber an meiner Aussage vom „Anfang" hat sich nichts geändert. Ich bin momentan nicht offen für Beziehungen und alles was in dieselbe Richtung führt. Möchte ich nicht und brauche ich nicht. Das hat nichts mit dir zu tun, denn die Zeit und deine Gesellschaft waren schön. Aber daher wird's dann wohl das Beste sein, wenn wir uns nicht mehr treffen. LG"

Sie: „Guten Abend, ok, dann weiß ich Bescheid. Nach dem Warum frage ich mal nicht. Ich bin nicht der Typ für Affären, dann lieber solo. Und besser nicht mehr treffen. LG"

Sechs Wochen später.

Sie: „Hallo der Herr, ich habe nachgedacht… Ich mag was wir hatten und möchte das nicht missen. Allerdings weiß ich nicht, ob ich dein Konzept auf Dauer durchziehen kann… Ich sage also vielleicht."

Er: „Vielleicht was ;)?"

Sie: „Entspannt genießen was geht…"

Er: „Morgen?"

Sie: „Ist bisher noch nichts geplant…"

Er: „Wenn du dir den Abend vielleicht blocken willst? ;)"

Sie: „Joa ☺"

Er: „Fein! 19 Uhr Café Karamell?"

Sie: „Passt."

Zwei Tage später.

Sie: „Hey, ich muss das Vielleicht zurücknehmen. Nichts gegen entspannt, aber ich kann das so nicht. Ich weiß nicht genau was, aber ich kann mir mehr vorstellen als eine „Bettgeschichte". Auch wenn es gut ist. Aber ich mache mir besser nicht vor, dass ich sowas kann. Das würde schief gehen. Ich muss mir treu bleiben. Keine Ahnung, was für eine Art Beziehung ich im Moment haben kann, aber ich brauche etwas für Körper, Geist und Herz. Wenn du dir tatsächlich nicht mal ein Vielleicht entlocken kannst, macht das keinen Sinn. Damit mache ich mich nur unglücklich – und das geht nicht."

Er: „Okay."

Einen Tag später.

Er: „Mal die längere Fassung – ich kann mir ein Vielleicht entlocken. Das habe ich auch versucht dir im Café zu vermitteln. Auch wenn ich dich nicht umstimmen kann, was nur teilweise meine Absicht ist, wollte ich das zumindest noch mal darlegen, denn bei dir klang das so einseitig. Aber vielleicht habe ich das auch nur so interpretiert. ;) Wenn du das einfach nicht so willst oder kannst, dann wird es schwierig. Das Problem liegt meiner Ansicht nach nicht im „Vielleicht", sondern in der Botschaft, die damit einher geht. Denn darin verstecken sich die unterschwellige Hoffnung oder sogar Erwartung, dass später, wann auch immer das sein mag, irgendwann mal mehr kommen sollte. Und genau diese Hoffnung/Erwartung ist halt doof. Ich kann und will nicht ausschließen, dass da mehr draus wird, aber dazu gehört die richtige Zeit, die richtige Person und die richtige Stimmung. Und wenn das nicht alles gut getimt auftritt, dann wird es halt nicht mehr – man behält die schöne Erinnerung und alles ist gut. Unglücklich wird man doch nur durch unerfüllte Erwartungen. Seitdem ich das persönlich für mich begriffen habe, habe ich Erwartungen in Beziehungsdingen ziemlich nachhaltig eliminiert und lebe damit ziemlich gut. Just my two cent, aber natürlich weiß meistens jeder für sich was das Beste für einen ist. ;)"

Sie; „Danke für deine Mail. Naja, große Erwartungen habe ich nicht, obwohl ich es schon ein wenig schade fand, dass du mir nicht zum Geburtstag gratuliert hast. Ich war im Café auch unsicher was ich denken soll, du hast mich verwirrt. Aber mein Bauchgefühl ist eigentlich gut. Ich habe auch keine wirkliche Vorstellung was das genau werden kann. Und wie gesagt, ich weiß momentan auch nicht wirklich, was bei mir geht. Von daher erwarte ich nichts und bin auch dafür, das locker angehen zu lassen. Aber ein bisschen Hoffnung braucht jeder ;) Das ist natürlich ohne Gewähr und ich würde nie auf die Idee kommen, jemanden da festzunageln. Man weiß ja nie was noch kommt und passiert und ob man sich noch mag wenn man sich besser kennen lernt. Ich hab halt nur ein Problem damit, was völlig hoffnungsloses einzugehen. Das krieg ich nicht hin. Aber ich denke mit einem Vielleicht kann ich leben ;)"

Er: „Ist ja auch kein echtes Vielleicht ;) Du sagst, Hoffnung braucht jeder, aber genau darum geht es mir, eben keine Hoffnung zu schüren! Weil die wiederum enttäuscht werden kann. Wenn du da zu viel Hoffnung mit reinbringst kannst du dich doch gar nicht aufs Hier und Jetzt konzentrieren."

Sie: „Hm, ich sagte ein wenig Hoffnung ;) Ich erwarte nicht viel. Ich mag es überrascht zu werden. Ich hab keine Wunschliste was jemand tun oder sagen soll. Darüber denke ich nicht nach."

Er. „Klingt gut ;)"

Sie: „Ja, damit fahr ich ganz gut... Ist halt nur schwierig, wenn man denkt: och, das ist doch ganz nett und passt auch ganz gut und jemand (fühle sich angesprochen wer möchte ;)) dann den Holzhammer rausholt. Das macht es schwer zu genießen. Und der Holzhammer muss nicht sein, ich bin weder heiratswütig, noch möchte ich in nächster Zeit Kinder, noch suche ich auf Biegen und Brechen einen Partner mit dem ich meine ganze Zeit verbringen will. Im Gegenteil, ich bin auch freiheitsliebend. Aber ich brauche Stimulation auf allen Kanälen. Das Emotionale komplett einzufrieren gelingt mir nicht und das finde ich auch nicht gut... Jetzt habe ich wohl den Holzhammer rausgeholt ;) Das letzte was ich dazu noch sagen möchte: es ist schade, immer zu betonen was nicht geht, anstatt das wertzuschätzen was geht. So, jetzt ist alles raus."

Zwei Monate später.

Sie: „Sorry, aber du bist ein ziemlicher Idiot!"

Jahre des Wartens

Die Musik dröhnte, es war heiß, sie sahen sich, es war geschehen. Zwei 20-Jährige bei Rock am Ring, zwei unter vielen. Doch sie fanden sich, auf vielerlei Arten. Er saß am Tisch und schrieb Autogramme für die Fans seiner Band, sie stand davor. Sie konnten die Augen nicht voneinander nehmen, doch ihre Freundin wollte los, zum Auftritt ihrer Lieblingsband. Sie hatte keine Ahnung, was in Samira vorging. Wie auch, sie konnte es sich selbst nicht erklären. „Einen kleinen Moment noch", sagte sie ihr. Sie wollte, dass dieser Augenblick für immer anhielt. Dann kam einer der Ordner und beendete alles. „Entweder ihr stellt euch in die Schlange oder ihr macht den Weg frei – hier könnt ihr jedenfalls nicht bleiben!" „Komm Samira, lass uns endlich gehen", drängelte Jana. Sie gab nach. Ein letzter Blick, dann war sie in der Menge verschwunden. „Hast du dir den Namen der Band gemerkt?" fragte sie noch, kurz davor zurückzugehen. „Ja"; sagte Jana, nichts ahnend. Die Toten Hosen spielten einen grandiosen Gig. Jana war selig. Das hatte sie sich immer gewünscht: endlich ihre liebste Band live zu sehen. Doch Samira war traurig. Sie hatte weder seinen Namen noch irgendeine Kontaktmöglichkeit. Auf Nachfrage musste Jana zugeben, dass sie sich den Namen nicht gemerkt hatte, er war zu abstrakt. Samira studierte das Festivalprogramm, doch diese Band war anscheinend nicht gelistet, da zu unbekannt. Sie hatten im kleinen Newcomerzelt gespielt. Dafür war die Teilnehmerliste nicht sehr ausführlich gestaltet. Also ging sie am nächsten Tag dorthin zurück und fragte einen der Ordner, wer am Tag zuvor dort gespielt hatte oder ob er jemanden nennen könnte, der es wusste. Ihr konnte nicht geholfen werden.

Das ganze restliche Festival über war sie schlecht drauf. Sie hatte möglicherweise die Liebe ihres Lebens getroffen und musste ihn einfach so ziehen lassen. Das tat weh. Jana hielt das alles für Hirngespinste. Sie glaubte nicht an Liebe auf den ersten Blick und hielt Samira für eine Spinnerin. Doch diese Spinnerin würde nicht aufgeben. Ihr Sommerurlaub war für den August geplant und sie würde nach England fahren. Dem Look nach war die Band englisch, dort würde sie ihn schon finden. Vielleicht waren sie dort längst Stars und es würde ein leichtes sein. Vielleicht waren sie aber auch ein Geheimtipp. So oder so, sie würde ihn finden, dessen war sie sich sicher.

Zwei Monate später war Samira in London. Sie liebte diese Stadt, hatte hier quasi ihre Jugend verbracht und fühlte sich wie immer heimisch. Sie klapperte alle Clubs ab, las Musikmagazine, fragte junge Menschen bei jeder Gelegenheit nach neuen coolen Bands, sah sich ein paar Liveauftritte an – alles in der Hoffnung, ihn endlich wieder zu sehen. Doch leider vergeblich. Bei einem Mittagessen an der frischen Luft im Leicester Square sprach sie ein junger Pakistani an. „Weißt du wie spät es ist?" Sie nannte ihm die Uhrzeit und damit war das Thema für sie erledigt. Doch für ihn noch lange nicht, er hatte sie ins Auge gefasst. „Woher kommst du?" wollte er wissen. Sie hatte eigentlich keine große Lust auf ein Gespräch – egal mit wem – also hielt sie die Antwort knapp. „Ich liebe Deutschland", sagte er begeistert. „Das freut mich", antwortete sie. „Hast du heute schon etwas vor?" fragte er. „Ich möchte gleich ins Kino gehen – Bridget Jones." „Ah, davon habe ich schon gehört. Stört es dich wenn ich mit dir komme?" Sie war ein wenig genervt. Eigentlich hatte sie keine Ambitionen, ihm Hoffnung zu machen oder mit ihm Zeit zu verbringen. Aber sie war traurig und allein, also stimmte sie zu.

Dem Kinobesuch folgte ein langer, lustiger Abend. Sie hätte nie geahnt, was alles an Humor und Herzenswärme in ihm steckte. Die nächsten Tage verbrachten sie gemeinsam, als gute Freunde. Bis er ihr gestand, dass er sich in sie verliebt habe. Samira war überrascht und geschmeichelt. Sie hatte die Sache nie von diesem Blickpunkt aus betrachtet. Sie möchte ihn, aber mehr war es für sie nicht. Bis sie eines Abends, nach ein paar Drinks vor ihrem Hostel standen. Er hatte sie nach Hause begleitet, damit sie sicher dort ankam – ein echter Kavalier der alten Schule. Er sagte zu ihr: „Das will ich schon lange machen..." und küsste sie, ganz ohne Scheu. Sie war etwas überrumpelt, küsste aber zurück. Es war ein guter Kuss, musste sie sich eingestehen. Von nun an waren sie zusammen. Sie beschloss, ein Auslandssemester an der University of North London einzulegen, um bei ihm sein zu können. Nicht nur das, sie liebte London und hatte sich längst überlegt wieder herzukommen.

Aus einem Semester wurden fünf. Samira war glücklich mit Said, bis sie ihn eines Tages mit ihrer Mitbewohnerin beim Sex in der Küche erwischte. Sie sagte nichts, die beiden bekamen nicht mit, dass sie ertappt waren. Sie ging, unter Schock, in ihr Zimmer, packte alle Sachen zusammen und war am nächsten Morgen verschwunden. Ohne einen Abschied, ohne eine Erklärung. Einfach weg. Sie nahm sich ein Hotelzimmer, buchte einen Flug nach Hause und fühlte sich wie tot. Drei vergeudete Jahre, dachte sie. Es gab sicherlich schöne Zeiten, doch die konnte sie nicht mehr sehen. Alles was sie fühlte war Leere. Sie wurde verraten, von den beiden Menschen denen sie am meisten vertraute. Etwas Schlimmeres gab es nicht.

Nach Wochen der Trauer ging sie endlich einmal wieder zu einer Vorlesung, hatte Kontakt zu Menschen, versuchte, wieder ein einigermaßen normales Leben zu führen. Doch dieses Erlebnis hatte sie reifen lassen – sie wirkte um einiges älter als ihre Kommilitonen. Diese hielten sie für knapp 30, dabei war sie gerade mal 23. Sie hatte ihre Unbeschwertheit verloren. Dafür hasste sie Said. Aber sie sehnte sich nicht nach Rache. Das würde Karma erledigen, daran glaubte sie fest. Und sie würde irgendwann wieder Glück haben, auch wenn sie das noch nicht wirklich glauben konnte.

Vier weitere Jahre vergingen. Inzwischen hatte sie ihr Studium beendet und arbeitete in einem Verlag. Einen Mann hatte sie seit Said nicht an sich heran gelassen. Zu tief saß der Schmerz, zu wenig war sie in der Lage jemandem zu vertrauen. Die Einsamkeit hatte sie hart gemacht. Doch das merkte sie selbst nicht und sie hatte niemanden, der es ihr sagte. Ein paar Bekannte, sicherlich, aber sie ließ niemanden wirklich nahe kommen. Ein gebranntes Kind im Körper einer Frau von 27. Das einzige, was ihre Leidenschaft war und blieb war die Musik. Sie war immer auf dem neuesten Stand, hörte alles außer Schlager und Techno und war für jede andere Richtung offen. Eines Tages im Plattenladen hielt sie eine CD von einer momentan angesagten Band in der Hand: Chengo Cheao.

Der Name sagte ihr nicht viel, aber der Sound gefiel ihr. Sie kaufte die CD und hörte sie rauf und runter. Alle Lieder, bis auf das letzte, das war zu langsam und zu melancholisch, passte nicht zum Rest. Die Platte lief nonstop, Tag und Abend. Doch dieses Lied übersprang sie, sobald es anlief, bis es ihr eines Nachts nicht mehr gelang aufzustehen. Sie hörte, halb im Schlafmodus, ganz aufmerksam zu. Jemand sprach hinter der Musik. Ein Mann, der sich traurig anhörte. Er sagte auf Englisch: „Es ist alles meine Schuld. Ich hätte etwas tun sollen. Dieser blöde Ordner. Du sahst so schön aus. Ich muss dich finden." Sie fand die Botschaft süß, fühlte sich aber nicht angesprochen. Zu lange her war dieser heiße Tag im Mai bei Rock am Ring. Zu sehr verdrängt die Erinnerung, zu wenig präsent der Glaube an wahre Liebe, besonders auf den ersten Blick. Zu gering die Hoffnung, dass sie ihr wiederfahren könnte. Zu unscheinbar dieser kurze Moment vor sieben Jahren, so groß er auch war, überschattet von einer langen Beziehung und deren tragischem Ende. Sie schlief und träumte, mal wieder von Said und Jennifer, wie sie es in der Küche trieben. Dieser Albtraum verfolgte sie noch immer, zu wenig war sie in der Lage damit abzuschließen. Sie drohte, eine alte verbitterte Jungfer zu werden, egal wie schön sie war, innerlich war sie am aussterben. Ihre Seele schrie nach

Liebe, doch ihr Herz schmerzte noch immer und wurde scheuer und scheuer, je länger sie alleine war.

Eines Tages hielt sie das CD-Cover in der Hand – sie wollte sich mal ein Bild von den Jungs machen, die sie die ganze Zeit rauf und runter spielte. Sie sahen gut aus. Aus Schweden kamen sie. Plötzlich kam ihr eine Eingebung – den kenne ich, dachte sie. Aber woher? Bilde ich mir vielleicht nur ein. Oder ich kenne jemanden der ihm ähnlich sieht. Aber ihr wollte nicht einfallen woher oder wer. Eine Woche später nahm sie das Cover wieder zur Hand und es fiel ihr wie Schuppen von den Augen. Das ist ER! dachte sie laut. Und dieses Lied, da geht es um uns! Sie dachte sie stünde kurz vorm Wahnsinn. Doch es war so. Sie kannte dieses Gesicht. Sie war in dieses Gesicht verliebt. Sie wusste nicht, ob sie lachen oder weinen sollte. Emotionen durchschossen ihren Körper wie nie zuvor. Sie hatte ihn gefunden, obwohl sie die Suche längst aufgegeben hatte. Endlich hatte sie ihn gefunden. Sie recherchierte online alles über ihn und seine Band. Er hieß Jörn, war auch 27 und aus Nordschweden. Und er hatte eine Freundin. Aber das ist egal, dachte sie. Sie musste ihm sagen, dass sie ihn gesucht hat. Dieses Lied war so unglaublich liebenswert, das wollte sie ihm wenigstens sagen. Sie suchte ihn auf Facebook, vergebens. Sie suchte ihn auf

Myspace, nur seine Band. Sie suchte ihn als letztes bei Studi-VZ und fand „ihn". Sie wusste nicht, ob er es war. Aber sie wagte einen Versuch. „Hey Jörn, erinnerst du dich an mich? Wir haben uns 2009 bei Rock am Ring gesehen. Ich musste leider weg, aber ich habe dich lange danach noch gesucht. Leider in England, weil ich dachte ihr wäret englisch. Und ich habe mir euren Namen nicht gemerkt. Aber jetzt habe ich dich hoffentlich gefunden und wollte nur sagen, danke für das Lied. So etwas Tolles hat noch nie jemand für mich gemacht!"

Sie machte ein neues Foto von sich, auf dem sie sich vorstellte sie hätte ihn vor sich. Sie sah verliebt und wunderschön aus. Das lud sie als Profilbild hoch. Vom ihm kam keine Antwort in schriftlicher Form, aber er lud wiederum ein Foto von sich hoch, auf dem er geplättet aussah und ein Bild mit der Aufschrift „Wow" hochhielt. Das ließ wiederum ihre Knie weich werden. Er war es und er hatte sie wahrgenommen. Sie gefiel ihm augenscheinlich noch immer. Auch wenn er nichts unternehmen würde war sie überglücklich. Er hatte sie nicht vergessen, sie hatte auf den Richtigen gesetzt.

Im Radio gab es ein halbes Jahr später ein Gewinnspiel. Meet and Greet mit der Band nach ihrem Konzert in Koblenz. Sie bewarb sich und das Glück war auf ihrer Seite. Eine Woche später stand sie im Zuschauerraum. Es waren tausende Menschen hier, die Band hatte inzwischen einen hohen Bekanntheitsstatus. Doch sie wusste, dass sie nicht mehr lange eine von vielen sein würde. Sie schwebte wie auf Wolken. Sie war nervös, aber auf gute Art. All die Jahre des Schmerzes waren vergessen. Sie freute sich einfach und war glücklich hier zu sein. Dann war es an der Zeit. Das Treffen würde im Backstage stattfinden, dorthin wurden sie nach dem Konzert geschleust – sie und die anderen Gewinner. Diese waren Teenies und der Band total verfallen. Zusammen mit den Mädels vom Fanclub bildeten sie eine Armee von liebeswütigen Fanatikerinnen, zwischen denen Samira sich nicht wohl fühlte, mit denen sie nichts gemein hatte. Sie war kein solcher Fan. Sie war nur wegen Jörn hier. Aber nicht so wie die Mädels. Nicht fanatisch und kopflos. Sie wusste was sie tat und ihr war bewusst, dass es sich bei den Jungs um echte Menschen handelte, nicht um Teen-Idole. Zumindest nicht für sie.

Der Backstageraum kam immer näher. Samira wünschte sich, ihn auf andere Art, an einem anderen Ort zu treffen. Nicht zwischen diesen gruseligen Mädchen. Doch ihr blieb keine Wahl. Entweder so oder gar nicht. Und gar nicht war keine Option. Also riss sie sich zusammen. Er wusste nicht, dass er heute auf sie treffen würde, sie war auf seine Reaktion gespannt. Natürlich würden sie nicht so reden können wie sie gerne wollte, denn sie durfte nicht auffliegen. Aber sie würden sich gegenüberstehen und in die Augen sehen. Das war alles was sie wollte. Die Chefin des Fanclubs ließ sie in einen Raum ein, dort warteten sie gespannt. Wenig später trat die Band herein. Er erkannte sie sofort, kam direkt auf sie zu und gab ihr die Hand. Das machte er bei den anderen Mädchen nicht, doch diese bekamen es nicht mit, sie waren viel zu „starstruck", denn die anderen Jungs lenkten sofort ab. Jörn blieb die ganze Zeit an Samiras Seite. Die Mädels fragten ihn, wie es ihm gehe. Er hatte eine Stimmbänderentzündung und konnte nicht viel reden. Er nickte ihnen nur zu und sagte „Gut." Sie ließen von ihm ab, er wurde dadurch uninteressant, dass er nicht reden konnte oder wollte. Nach einer Weile fragte er: „Raucht jemand von euch?" Die Mädchen verneinten. Nur Samira verstand und bejahte. „Dann komm mit raus, wir rauchen eine." Die anderen schauten sie neidisch an, doch das war Samira egal. Sie würde Jörn endlich so sprechen können wie sie wollte. Ihr größter Traum ging in Erfüllung. „Unfassbar, nach so langer Zeit", sagte er draußen. „Unfassbar, in der Tat." Sie lächelten sich an. „Ich war damals so in dich verschossen." „Und ich in dich", sagte sie gerührt. „Konnte dich nicht aus dem Kopf kriegen. Die anderen Jungs haben sich dafür nur über mich lustig gemacht." „Meine Freundin damals auch. Ich hab wirklich alles versucht, um dich zu finden, aber ich hatte euren Namen nicht." Sie atmete aus. „Es tut mir so leid, ich wollte dich nicht zappeln lassen." „Das glaube ich dir. Den Namen hat sich Karl ausgedacht. Ich war immer dagegen." Er lachte. Sie lachte. Sie schauten sich tief in die Augen. „Ich habe mich immer gefragt, ob ich dich jemals wiedersehen würde. Und wie es dann wäre." „Hast du es dir so wie jetzt vorgestellt?" „Es ist viel schöner als ich es mir vorgestellt habe, du bist noch schöner als damals." Sie wurde rot. „Allerdings wünschte ich, ich hätte mehr Zeit mit dir und wäre Single." Er zwinkerte ihr zu. Das konnte sie nur unterschreiben. Allzu gerne würde sie ihn auf der Stelle küssen. „Wenn du es keinem weitersagst, würde ich mich gerne einen Schritt vorwagen." Sie schaute gespannt. „Ich liebe meine Freundin, sie ist schwanger und wir heiraten bald. Aber das mit dir ist etwas ganz besonderes. Ich möchte zumindest in kleines Happy End haben. Einen Kuss." Sie strahlte ihn an. Sie wollte es auch. Auch wenn es ihr danach das Herz brechen würde, auch wenn sie sich noch mehr in ihn verlieben würde, ohne Hoffnung auf ein Zusammenkommen. Sie wollte es, mehr als alles andere. Und sie hatte es verdient. „Ok", hauchte sie. Er kam näher. Hielt inne, schaute sie an. Kam wieder näher, schloss die Augen. Sie tat es ihm gleich. Sie vereinten sich in einem Kuss, der seines gleichen suchte. Sanft, leidenschaftlich, hoffnungsvoll und gleichzeitig hoffnungslos. Es war ihr erster und letzter Kuss, die Dramatik durchfuhr beide wie eine Droge. Hinterher waren sie high, das Meet and Greet vorbei. So trennten sich ihre Wege. Aber nicht ihre Herzen.

Samira verfluchte ihr Timing, aber sie war geheilt. Sie glaubte wieder an die Liebe und an ihr Gespür für den Richtigen.

Sex oder Liebe?

Der Stuhlkreis schwieg. Die Teilnehmer waren sonst keine Kinder von Traurigkeit, doch jetzt schauten sie bedröppelt zu Boden. Alle wussten – sie waren aus demselben Grund hier und nun schämten sie sich für das was sie getan hatten. Eine Mutige erhob endlich das Wort: „Für mich als Frau ist das Thema doppelt schwer. Wenn ich mich mal jemandem öffne, werde ich immer gleich als Schlampe abgestempelt. Dabei kann ich es einfach nicht steuern, ich habe gar keine Wahl. Ihr Männer habt es da leichter…" „Iwo, wir gelten sofort als Arschloch", sagte Kai, ein anderer Betroffener. „Bei uns Schwulen ist das nicht so brisant, aber wenn man auf der Suche nach einer Beziehung ist, und das erzählt, kann man es gleich vergessen. Mit Leuten wie uns will keiner zusammen sein…" Stefan wurde dieses Bekenntnis, nachdem er es ausgesprochen hatte erst richtig bewusst. Er musste die Tränen zurückhalten – wie auch alle anderen, die sich bisher zu Wort gemeldet hatten. „Sie haben alle mit Vorurteilen zu kämpfen"; sagte der Therapeut. „Deshalb treffen wir uns hier im geschützten Rahmen, um offen zu sprechen. Sie brauchen sich ihrer Emotionen nicht zu schämen, im Gegenteil." „Ich habe damit meine Ehe kaputt gemacht – zu viele Affären. Ich dachte immer ich wäre so gut, dass meine Frau davon nichts merkt. Aber eines Tages sagte sie nur, es reiche ihr und ist gegangen, mitsamt der Kinder. Ich bin aus allen Wolken gefallen. Seitdem ist die Sucht noch schlimmer geworden. Beinahe jeden Abend eine andere Frau…" Klaus musste schlucken. Früher war er stolz auf seinen Lebensstil gewesen, heute das genaue Gegenteil. „Geht es Ihnen dadurch besser?" „Nein, wo denken Sie hin? Überhaupt nicht. Ich will, dass das aufhört, an dem Punkt bin ich inzwischen, schon länger." „Auch wenn es sich nicht so anfühlt ist das eine gute Entwicklung. Wie geht es den anderen?" „Bei mir ist es so ähnlich. Ich bin meinem Freund gegenüber offen damit umgegangen, mit meiner Vergangenheit zumindest. Ich dachte, ich hätte das hinter mir, bis es wieder anfing. Ich war ehrlich zu ihm und er ist gegangen. Dabei war er die Liebe meines Lebens. Ich weiß nicht, woher das auf einmal kam…" Andreas schüttelte ungläubig den Kopf. Stefan schaute auf. Andreas war ihm schon aufgefallen. In einem anderen Rahmen hätte er ihn längst angemacht. Aber er war hier, um das hinter sich zu lassen. Während Andreas sprach konnte er dennoch seine Augen nicht von ihm nehmen. „Ich meine, es ist nicht so als hätte ich nicht gekämpft. Ich habe alles getan was man sich vorstellen kann. Jetzt bin ich in dieser Gruppe. Ich habe ihm gesagt, dass ich an mir arbeiten will und das endgültig hinter mir lassen.

Aber er glaubt nicht daran. Inzwischen hat er einen anderen Freund. Das bricht mir das Herz… Ihn muss ich wohl oder übel aufgeben. Aber ich will den Fehler nicht wiederholen, mit dem nächsten Mann. Also hoffe ich, dass ich es schaffe…" „Seien Sie nicht zu hart zu sich, sie können diese Sucht nur zum Teil selbst verantworten. Aber Sie können, wie bei allen anderen Süchten, lernen, zu entsagen. Das Stichwort ist Selbstkontrolle. Ein starker Wille, und dieser tritt auf, wenn man einen bestimmten Punkt erreicht hat, hilft dabei. Wenn sie sich das bewusst machen, können Sie es schaffen." „Ich möchte nichts so sehr wie das", brachte Andreas unter Schluchzen hervor. „Ich möchte noch einmal betonen, dass Weinen kein Zeichen von Schwäche ist, eher von Stärke. Wenn Sie das zulassen können, sind Sie auf einem sehr guten Weg. Ich möchte Ihnen bis zur nächsten Woche eine kleine Aufgabe ans Herz legen. Beginnen Sie ein Emotions-Tagebuch und schreiben Sie auf, wie Sie sich fühlen und was der Grund sein könnte. Wenn Sie möchten besprechen wir das beim nächsten Mal." Die Sitzung war hiermit beendet.

Andreas und Stefan gingen aufs stille Örtchen – Stefan, weil er musste, Andreas um sich zu sammeln, bevor er wieder in die Welt hinausging. Sie trafen sich am Pissoir. „Guter Therapeut"; begann Stefan. „Das finde ich auch!" Andreas hatte sich inzwischen wieder etwas gefangen. „Wie lange hast du damit schon zu tun?" fragte er. „Seit ich 11 bin, bei mir ging es sehr früh los. Erst mit Frauen und dann mit Männern." „Wow", entgegnete Andreas. „Bei mir erst seit dem Tod meines Vaters, vor 8 Jahren." „Auch lange genug", entgegnete Stefan. „Ja…" „Hast du vielleicht Lust mein Sponsor zu sein? Wenn es hart auf hart kommt, rufe ich dich an und wir treffen uns um zu reden?" „Ja, sehr gerne. Aber nur, wenn du auch meiner wirst…" „Versteht sich", sagte Stefan mit einem Augenzwinkern. Das musste er sich unbedingt abgewöhnen. „Wir Schwulen müssen doch zusammen halten", sagte Andreas, der das Zwinkern gar nicht wahrgenommen hatte. „Prima! Hier ist meine Karte. Meld dich, wenn du etwas brauchst, egal wann." „Danke", sagte Andreas erleichtert. Jetzt stand er mit seinem Problem nicht mehr alleine da. Er hatte eine stützende Kraft. Sie verabschiedeten sich bis zur nächsten Woche, es sei denn es trete ein Notfall ein.

Drei Stunden später klingelte bei Stefan das Telefon. „Hey, sorry für die späte Störung, aber ich kann nicht mehr…" „Wo bist du?" „In einer Kneipe, am Weißekreuzplatz." „Bleib da, ich komme sofort…" Wenig später hatte Stefan Andreas gefunden. Über einem Bier kauernd in der Ecke der Bar, aussehend wie ein Häufchen Elend. „Du siehst nicht so aus, als wärest du gerade dabei jemanden abzuschleppen…" „Nein. Ich habe gerade eine Abfuhr bekommen." „Was? Ein gutaussehender Typ wie du?" „Scheinbar ist mein Ruf mir voraus geeilt…" „Oh… Aber ist auch besser so, findest du nicht?" „Wahrscheinlich. Danke, dass du gekommen bist!" „Komm, ich geb dir ein Bier aus und wir reden", schlug Stefan vor. Gesagt, getan – sie redeten die gesamte Nacht durch. Über ihre Kindheit, ihre Beziehungen, ihre Sucht, die damit verbundenen Emotionen. Und mussten feststellen, dass sie viel gemeinsam hatten. Stefan war sich nicht sicher, ob Andreas ihn als Mann nicht wahrnahm, oder ob er es nur gut verstecken konnte. Er war nicht der bestaussehendste Typ, aber er war groß und schlank. Vielleicht hatte Andreas kein Interesse an ihm, aber er wünschte es sich sehr. Je mehr sie redeten, desto mehr verknallte er sich in ihn. Am liebsten hätte er ihn auf die Toilette gebeten, um mit ihm zu schlafen. Aber das wollte er nicht, nicht wieder alles versauen. Er wollte es langsam angehen lassen und sich beherrschen, so wie der Therapeut es ihnen geraten hatte. Wenn er das jetzt schaffte, gab es vielleicht noch Hoffnung für ihn.

Sie verabschiedeten sich mit Wangenkuss. Dabei bleib es. In der nächsten Woche bei der Sitzung sahen sie sich wieder. Die Gruppe hatte ihre Hausaufgabe sorgfältig erfüllt und berichtete davon. Nun war Stefan an der Reihe. „Ich habe nicht so viel aufgeschrieben, aber dafür umso mehr nachgedacht. Ich bin verliebt. Verknallt. Was auch immer. Es gibt jemanden, der mich schier umhaut. Für ihn möchte ich von der Scheiße loskommen. Ich möchte endlich mal eine Beziehung führen und das geht nur, wenn ich mich zusammenreiße." „Hatten Sie schon Sex mit ihm?" fragte der Therapeut. „Nein. Das möchte ich auch noch nicht, weil es dann vorbei wäre bevor es angefangen hat. Es ist nicht so, dass ich nicht in Versuchung gerate. Im Gegenteil. Ich würde ihn mir am liebsten schnappen und es mit ihm treiben. Aber das wäre falsch." „Darauf können Sie sehr stolz sein!" „Danke, ich weiß nur nicht, wie lange ich mich noch beherrschen kann…" „Das ist ein ganz normales Gefühl, wenn Verliebtheit im Spiel ist. Die Sehnsucht ist ein großer Teil davon. Versuchen Sie, ein wenig zu träumen, genießen Sie das Jetzt. Es ist eine spannende Phase. Versuchen Sie, sich weiterhin zu beherrschen. Mit jedem Tag werden Sie stärker, das gibt Ihnen wiederum neue Kraft. Lassen Sie sich nicht besiegen…" Damit war auch diese Sitzung vorüber. Andreas wartete draußen auf Stefan, der noch ein paar Worte mit dem Therapeuten wechselte. „Wer ist er denn?" fragte Andreas neugierig. Stefan schaute ihn vielsagend an. „Jemand ganz besonderes…" Andreas war von Stefans Blick wie gebannt. Stefan übernahm das Kommando. Er tat einfach, was sich für ihn am natürlichsten anfühlte: er küsste ihn. So heftig, dass sie sich von Leidenschaft erfüllt den Weg zum Badezimmer bahnten. Dort entledigten sie sich ihrer Kleidung und küssten sich hemmungslos. Beide waren aufs Härteste erregt. Es gab kein Halten mehr. Doch plötzlich schoss ein Gedanke durch Stefans Kopf: „Das jetzt bloß nicht versauen!" „Warte", sagte er unter schwerem Atem. „Glaub mir, das fällt mir nicht leicht, aber wir sollten das nicht tun…" Auch Andreas atmete schwer. Ihm war die Sache auch ernst und er wollte es nicht kaputt machen. „Du hast recht…Das wäre dumm."

Sie fuhren zu ihm, redeten die ganze Nacht durch. Erst am Morgen begannen sie, sich zu küssen – sanft und liebevoll. Dabei blieb es. Dann schliefen sie Arm in Arm ein.

Beim Mittagessen konnten sie die Augen nicht voneinander lassen. Bei Abendessen ebenso wenig. Die Nacht lagen sie sich wieder in den Armen. So ging es an jedem freien Tag, bis sie eines Tages beschlossen, endlich den Schritt zu gehen. Andreas hatte gekocht. Sie aßen anständig, aber schnell. Denn sie wollten beide nichts mehr als das was nun folgte. Und es war der richtige Zeitpunkt, das spürten sie beide. Nachdem sie den letzten Bissen herunter geschluckt hatten, standen sie auf, tanzten ein wenig zum Klang der Musik, streichelten sich, küssten sich, zogen sich langsam aus, verschlangen sich mit Blicken, dann ließen sie der Leidenschaft freien Lauf.

Zu den Treffen brauchten sie vorerst nicht mehr zu gehen, sie hatten nun einander und wussten, nach Jahren des Leids, wie wertvoll das war. Sie würden es nicht so leicht aufs Spiel setzen und sich beherrschen können, da waren beide sicher.

Real Love

"Komm mal mit, ich zeig dir noch die Küche", sagte Frau Sommer zu Nina. Das Cafe, in dem sie hoffentlich bald arbeiten würde, war größer als erwartet – bei ihrem letzten Besuch hatte sie längst nicht alles gesehen. Nun ging es in den Keller zur Küche, von der aus die Snacks für die Verkaufsvitrine gemacht wurden. „Hi, ich bin Nils", sagte ihr neuer Kollege euphorisch. „Bist du der Koch?" „Nein", lachte er. „Nicht wirklich, ich mache nur die Snacks." Er scheint sehr nett zu sein und gut sieht er auch aus, dachte Nina bei sich. Sie war Single und ganz glücklich damit, aber wünschte sich insgeheim eine Beziehung.

Sie schaute ihm bei seiner Arbeit ein wenig über die Schulter und machte dann selbst ein paar Canapes zurecht. „Das machst du wirklich gut fürs erste Mal", lobte Frau Sommer. Auch Nils war angetan. „Du kannst hier anfangen", scherzte er, als läge diese Entscheidung bei ihm. „Das hab ich vor", entgegnete Nina mit einem breiten Grinsen. Sie fand Spaß an der Arbeit und die Leute vom Team die sie bisher kennen lernen durfte waren super nett. Der einzige Wehrmutstropfen kam noch kurz vor Feierabend, als Nina erfuhr, dass Nils vergeben war. Ihn konnte sie abschreiben, in

Beziehungen mischte sie sich grundsätzlich nicht ein. Und wahrscheinlich war er auch glücklich, so wirkte er zumindest.

Sie arbeitete sich in den nächsten Tagen ein, so gut, dass sie angestellt wurde – als Tresenkraft. Nils sah sie nur, wenn sie Frühschicht hatte, da er meistens die Snacks machte und die Läden damit belieferte. Sie unterhielten sich kurz, dann machte er sich wieder auf den Weg. Doch sie hatten begonnen sich zur Begrüßung und zum Abschied zu umarmen – das war immer das Highlight ihres Tages, den er war sehr gut darin. Herzlich und fest waren seine Drücker, sie konnte nicht genug davon bekommen. Doch sie hatte kein weiteres Interesse mehr an ihm. Sobald sie wusste, dass ein Mann vergeben war, verlor sie das Interesse. So sah sie nun auch Nils als einen asexuellen Typen, den sie mochte aber mehr nicht.

Im Laufe der Wochen wurden Nina mehr und mehr Verantwortungen übertragen. So machte sie die Bestellungen, nahm Ware an und sollte am Ende auch lernen wie man die Snacks macht, falls mal jemand ausfiele. Dies sollte natürlich Nils ihr zeigen. Sie freute sich, da er immer laut Musik aufdrehte und sie den gleichen Geschmack teilten. Das brauchten sie beide am frühen Morgen, um wach zu werden und die Laune zu stärken. So machten sie sich fröhlich ans Werk, sangen mit. Er tanzte die Makarena, sehr zu ihrer Belustigung, obwohl er es gut machte. Sie hatten Spaß. „Schön, dass du hier bist", sagte Nils. „Ja?" fragte Nina. Sie war glücklich, dass er glücklich war. „Alles geht so viel schneller und die Kuchen habe ich auch schon fertig", freute er sich. Sie lächelte ihn an. Er schien sie ewig anzusehen. Dann spitzte er den Mund und sagte: „Du darfst öfter kommen." „Das mach ich gerne", sagte sie strahlend.

Die drei Tage vergingen wie im Flug. Dann war Nina wieder hinter den Tresen verbannt. Sie sah Nils wieder nur alle paar Tage für ein paar Minuten. Für sie war das ok, denn sie stellte sich mit ihm nichts vor. Sie fand ihn nur unheimlich nett. Obwohl sie zugeben musste, dass sie ein wenig eifersüchtig war, wenn sie sah, dass er andere Kolleginnen umarmte. Sie wollte dies als Privileg für sich allein. Sie wollte, dass er sie genauso mochte wie sie ihn, aber alles rein freundschaftlich. Trotz allem wollte sie etwas Besonderes für ihn sein, denn er war es für sie, ob sie wollte oder nicht.

Bald schon stand ein Kollegen-Cocktail-Abend bevor. Der letzte war schon eine Weile her und es war mal wieder Zeit, alle zusammen zu trommeln. Auch wenn nur die Hälfte der Belegschaft es einrichten konnte. Aber Nils würde da sein. Und Nina sowieso.

Eine perfekte Gelegenheit, alle mal privat kennen zu lernen. Darauf freute sie sich riesig.

Es herrschte lockere Stimmung. Alle bestellten sich Cocktails, immer pärchenweise, da gerade happy hour zum halben Preis war. Nur Nina fand niemanden der mit ihr teilte, Nils saß schräg gegenüber – zu weit weg für eine Paarung. Dennoch bot er ihr an, ihren zweiten zu trinken, was sie süß fand, aber ablehnte. So trank sie einfach zwei Cocktails und posierte damit für ein Erinnerungsfoto mit zwei Strohhalmen im Mund und zweien in der Nase. Alle lachten, auch Nils. Er sah sie noch an als alle schon weitermachten. Sie wechselten an dem Abend kein Wort, da sie immer zu weit voneinander entfernt waren. Doch des Öfteren erwischte sie ihn dabei, wie er sie einfach nur ansah. Sie dachte sich, was soll das, er hat eine Freundin und dachte dann nicht weiter darüber nach. Erst zuhause fiel es ihr wieder ein. Möglicherweise mag er mich etwas mehr, überlegte sie. Das freute sie ein wenig, auch wenn sie versuchte, sich keine großen Hoffnungen zu machen.

Die nächsten Wochen arbeitete sie viel und sah Nils mehr als sonst. Die Umarmungen veränderten sich, wurden intimer, enger. Wange an Wange. Sie erwischte ihn immer wieder dabei wie er sie einfach nur ansah, intensiv – vielleicht verliebt? Aber es war ihr nicht unangenehm, sie mochte seine Blicke. Sie mochte ihn, immer mehr, je besser sie ihn kennen lernte. Inzwischen schrieben sie sich ab und zu Nachrichten, rein freundschaftlich, obwohl er ihr immer wieder Kussmünder schickte, die sie erwiderte. Doch sie maß dem keine große Bedeutung bei, er machte das sicher bei allen Leuten. Obwohl sie beim ersten Mal ein zufriedenes Grinsen lange nicht unterdrücken konnte. Sie flirteten nicht wirklich miteinander. Aber es stand unausgesprochen im Raum, dass sie sich sehr mochten. Vielleicht ein bisschen mehr als sehr, voll und ganz. Sie hatte das Gefühl sie seien Seelenverwandte. Manchmal im Leben trifft man auf so einen besonderen Menschen, der einen nicht nur ergänzt und lehrt, sondern der ist wie man selbst. Alle positiven Attribute vereint. So ein Mensch war Nils für Nina. Er war weltoffen, hilfsbereit, ein Mann der Tat, lustig, schlau und unheimlich attraktiv. Sie liebte seine Augen, seinen Mund, seine Schultern, seine Arme, seinen gesamten Oberkörper. Und seine Größe – er maß eins neunzig. Er war sich für nichts zu schade und bot ihr sogar an, ihr Tampons zu kaufen. Diesen Scherz, den sie sich mit ihm erlaubte, obwohl sie eigentlich Zigaretten wollte, nahm er ganz locker. Überhaupt hatte er keine Angst vor dem Femininen. Er trug Nagellack, was ihn zu einem

Paradiesvogel machte, aber ihr gefiel es gut. Es machte ihn besonders und das war er ohnehin. Ein ganz besonderer Mensch. Nina merkte, dass es ihr immer schwerer fiel die Grenze nicht zu überschreiten. Sie wollte ihn für sich, aber den Wunsch musste sie herunterschlucken. Er war trotz aller Chemie noch vergeben. Und sie wollte nicht, dass er seine Freundin wegen ihr verließ. Sie wollte höchstens, dass er sie verließ, weil es nicht mehr gut war. Aber den Druck, den sie zwangsläufig spüren würde, wenn er nur ihretwegen Schluss machte wollte sie nicht. Sie war nicht perfekt. Und wenn er das annahm war es eine Illusion. Er sollte nicht etwas Funktionierendes aufgeben für das Unbekannte. Das wäre nicht weise. Und er war schlau, denn er tat es nicht. Kein leichtfertiger Typ, dachte sie, was ihn nur noch attraktiver machte. Dass er zehn Jahre jünger war merkte sie keineswegs. Er war seinem Alter weit voraus. Sie waren auf dem gleichen Stand. Hatten dieselben Ansichten, die selbe Liebe zur Kreativität. Und möglicherweise die selbe Liebe füreinander. Aber das würde wohl für immer ein Geheimnis bleiben.

Da er ab und zu verschlief hatte sie es sich angewöhnt ihn morgens telefonisch zu wecken. Dann hörte sie seine sexy verschlafene Stimme und konnte nicht umhin, sich ihn vorzustellen, wie er nackt im Bett lag, mit verwuschelten Haaren, schlaftrunken von der Nacht. Sie stellte sich vor neben ihm zu liegen und fing an zu träumen. Sie wollte keiner anderen Frau den Mann stehlen. Aber sie wollte ihn über alles. Sie war verliebt, aber nicht blind. Sie sah ihn ganz deutlich und er war alles was sie sich immer gewünscht hatte – innerlich und äußerlich. Doch sie würde nichts unternehmen, es musste von ihm kommen. Sie würde einfach so weitermachen wie bisher, sie selbst sein und schauen was passiert.

Eines Morgens, Nils war noch ein wenig angetrunken vom Vorabend, saßen sie bei der üblichen Zigarette zusammen. „Du hörst hier schöne Musik", sagte er. Endlich durfte die Belegschaft die eigene Musik spielen, das nutzten sie beide aus. Nils sang mit. „You look so pretty…" Nina spürte, dass er sie meinte, aber traute sich in dem Moment nicht ihn anzusehen. Sie konnte einfach nicht vergessen, dass er vergeben war. Er hingegen sah sie noch verliebter an als sonst. Dann brach es aus ihr heraus. „Mir ist noch gar nicht aufgefallen, dass du ein Tattoo hast." „Ist ein Aufkleber, Justin Bieber", machte er sich lustig. „Tut mir leid, den hab ich leider nicht auf meinem Player", zog sie mit. „Gib's zu, heimlich denkst du: Ahhh, Justin I love you", scherzte sie. Beim I love you schaute sie Nils direkt in die Augen. Und für einen Moment stand die Zeit still. Beide schlossen kurz die Augen, dann verabschiedeten sie sich hastig.

„Hey, ich habe gerade ein überraschend gutes Lied von J. Bieber gehört. Hör mal..." schrieb sie ihm am Abend darauf. „Echt gar nicht schlecht", antwortete Nils. „Ich hab jetzt einen totalen Ohrwurm", kommentierte sie, doch er bekam die Nachricht nicht. Als sie am nächsten Nachmittag noch immer nicht übermittelt war, schrieb sie „Immernoch". Diese Nachricht kam an. „Hm, dir fehlt eine Nachricht von mir, jetzt wirst du den Zusammenhang nie erfahren." „Sieht so aus...", sagte er nur. „Ich habe dir ja nur mein größtes Geheimnis verraten", versuchte sie ihn zu ködern. „Irgendwann wirst du bestimmt wieder schwach", meinte er. „Spätestens wenn du mich mal betrunken erwischt", entgegnete sie. „Da freue ich mich schon drauf...", gab er zu. Einen Tag später fasste sie all ihren Mut zusammen. „Das sollten wir wirklich mal machen, wäre bestimmt lustig." „Klar, sehr gerne. Bei mir passt es generell unter der Woche am besten", wurde er konkret. „Prima, bei mir eigentlich auch. Wie wäre nächste? Montag oder Donnerstag?" „Muss ich noch mal schauen, aber einer der Tage passt bestimmt." Es war vollbracht, sie hatten eine Verabredung. Privat. Alleine. Wow.

Die Tage schienen zu schleichen. Sie konnte es nicht erwarten ihn zu sehen. Sie wusste, dass etwas passieren würde – sie beide unter Alkoholeinfluss. Sie wollte nirgendwo dazwischengrätschen, aber das war sein Thema. Sie war Single und konnte tun und lassen was sie wollte. Er brauchte vielleicht die Realität mit ihr außerhalb der Arbeit und das Austesten der Körperchemie, um endlich eine Entscheidung zu fällen. Sie würde mitziehen. Aber nicht bis zum Äußersten. Schlafen würde sie mit ihm nicht. Küssen wollte sie ihn sehr gerne.

Endlich war der Tag gekommen. Sie würden sich am See treffen und picknicken. Er sorgte für das Bier, sie für die Snacks. Er wartete schon als sie kam, blickte sich suchend um, möglicherweise in der Befürchtung sie würde nicht kommen. Doch sie kam. Und sie sah wunderschön aus. Gut, dass er saß, sonst wäre er hinten übergekippt. Sie begrüßten sich mit einer innigen Umarmung und Wangenkuss. Das fühlte sich für beide sehr vertraut an und keineswegs falsch. Sie setzte sich zu ihm und packte alles aus. Es konnte losgehen. Sie unterhielten sich über dies und das, aßen und tranken. Alles war entspannt und doch lag Spannung in der Luft. Sie wussten beide, dass heute etwas passieren würde. Und sie wollten es beide über alles. „Du wolltest mir doch dein größtes Geheimnis verraten"; sagte Nils charmant. „Ich bin aber noch nicht schwach genug", entgegnete Nina. „Na dann, Prost!" sagte Nils, in der Hoffnung, sie hätte bald genug getrunken um Eingeständnisse zu machen. Er wollte sie keineswegs abfüllen, aber ihre Mauer durchbrechen, die sie noch immer aufrecht erhielt – ein Schutzwall, da er vergeben war. Nils nahm sein Brille ab, um sie zu putzen. Nina sah seine überaus süßen Augen, die so viel Wärme ausstrahlten. „Kannst du mich noch sehen?", fragte sie. „Du müsstest ein bisschen näher kommen", antwortete er. Sie rückte ein Stück näher an ihn heran. „So?" „Noch ein bisschen..." Jetzt war sie zehn Zentimeter von seinem Gesicht entfernt. Sie sahen sich tief in die Augen. Sein Kopf kam ein Stück näher, er schloss die Augen. Den letzten Rest ließ er sie zurücklegen. Und sie tat es. Sie küssten sich sanft, vorsichtig, behutsam, lange – bis sie beide high waren.

„Ich bin schon so lange in dich verliebt", gestand er. „Und ich in dich", hauchte sie. Sie fühlten sich stark und gleichzeitig schwach. Es war um sie geschehen. „Jetzt weiß ich alles was ich wissen muss, ich werde mit Vivi Schluss machen...!" Sie atmete erleichtert aus. Das war alles was sie sich wünschte. Das und eine lange Zukunft mit ihm. Sie konnte sich vorstellen mit ihm alt zu werden. Nun stand dem nichts mehr im Weg. Sie war überglücklich, wollte die ganze Welt umarmen. Fühlte sich wie ein Haus ohne Dach, befreit, schwebend, bebend. Komplett. Jetzt würde der Himmel auf Erden beginnen.

Sina Graßhof, Jahrgang 1981, ist studierte Literaturwissenschaftlerin und lebt in Hannover/Laatzen.

Ihre ersten beiden Werke „Kobra Bar" und „Ausgebrannt" sind ebenfalls im 26 Verlag erhältlich.